愿你永远握有梦想，

柬

对这个世界保持浪漫的看法。

杨正龙 作品

不如各奔东西

当代世界出版社
THE CONTEMPORARY WORLD PRESS

图书在版编目（CIP）数据

不如各奔东西 / 杨正龙著. —北京：当代世界出版社，2017. 3

ISBN 978-7-5090-1186-7

Ⅰ. ①不… Ⅱ. ①杨… Ⅲ. ①散文集—中国—当代 Ⅳ. ①I267

中国版本图书馆CIP数据核字（2017）第034462号

书　　名：不如各奔东西
出版发行：当代世界出版社
地　　址：北京市复兴路4号（100860）
网　　址：http：//www.worldpress.org.cn
编务电话：（010）83908456
发行电话：（010）83908409
（010）83908455
（010）83908377
（010）83908423（邮购）
（010）83908410（传真）
经　　销：全国新华书店
印　　刷：北京天宇万达印刷有限公司
开　　本：880毫米×1230毫米　1/32
印　　张：7
字　　数：186千字
版　　次：2017年3月第1版
印　　次：2017年3月第1次
书　　号：ISBN 978-7-5090-1186-7
定　　价：39.00元

序

追风筝的人

其实，写完这本书的时候，我有一种想把Word文档都删掉重新来过的感觉。我始终有一些心虚。将自己的文字白纸黑字装订成册，将自己的内心诚实赤裸地和盘托出，如同一丝不挂站在读者面前。这是一种从未有过的表达体验。每到夜里，这些文字和日子就会从脑海的暗处爬出来。它们躁动不安，渴望找个出口。它们像血液一样贯通全身，最终流至指尖。我不确定我的手是否能将这些坐立不安的时光准确翻译出来，但还是硬着头皮去做了。

每天早上醒来的时候，我从洗漱池抬头看着镜子。日子在走，但丝毫看不出痕迹。是啊，唯有当它们被记录下来的时候，才能触手可及，否则就像一片云一样，过去了就过去了。那些慌张、易碎又容易被遗漏的风光，恰恰是我生命中的宝贝，细腻、柔软，带着光。它们是有主人的，如今一一被记录下来，有时自己都觉得不太真实。它们从我的记忆深处飘出来，一颗一颗的，闪着光芒，扑腾着翅膀，带着颤音，最后变成一串故事。

小时候，我是一个爱撒谎的人。给自己的考卷签字，听写背书也模仿父亲的笔迹，还曾和我姐狼狈为奸：为了买一个牛角面包，硬是骗爷爷说是去买作业本，拿了一块五毛钱撒腿就跑，然后狂笑不止地消失在马路尽头。那时候，我以为大人的世界都太好骗了，似乎只要蒙住眼睛、堵住耳朵、假装隐形，世界就是我的。如今，撒谎成了职业，面对镜头说着不得不说的话，反倒没有小时候那么开心自在了。往往觉得无法自欺，像失了魂魄般找不到支点，心慌气短地过着日子。写作倒是一个让人变诚实的方法，越长大越想诚实地面对自己，眼里容不得一粒沙子。如果对自己都不诚实，即便活出一副华丽的皮囊，也很难活成自己想要的样子。那么，我真有可能变成一个不受欢迎的人，那也没办法，我还是得诚实。

写到这里，我觉得自己有点啰唆和跑题。那么，来讲个故事吧。上世纪90年代末，我在老家读小学。那座小城里的生活极其单调，周而复始，按部就班。除了整天撒谎不写作业，我还喜欢到处去闲玩，每天都要把一身用不完的力气耗尽才罢休。外婆是一个虔诚的基督徒，每周末都会带我去市郊的教堂聚会。说是教堂，其实就是一处两层楼高的水泥平房，是一个姊妹的居所。在教堂里，我结识了一帮年龄相仿的小朋友，于是，每周末都聚在一起玩儿。那个地方在很远的郊野，要穿过一片芦苇荡和一条废弃的铁轨，杂草在那里野蛮地生长。那时，我连省会武汉都没去过，去过最远的地方就是那条铁轨后面的教堂。

教堂后面有一座野山。我没爬过那座山，估计那帮小朋友们也没爬过。不知道是谁提议“我们去山上放风筝吧”，所有的小笨蛋都眼睛发亮地点点头。于是，我们上了山。我一边拿着新买的风筝，一边随手折了一根树枝。野山上没有路，我们一路向上兴奋地狂奔，手臂都被倒刺划破了好几道口子，爬得越高，越有一种所向披靡的狂喜。我看到前面的小伙伴白衣白鞋，衬衫扎在短裤里，跑起来的时候风灌进去，显得身体鼓鼓的。那是那个年代特有的画面和气息。我们一路冒险，追跑打闹，开辟了一条上山的小路。当然，也有走错的时候，所幸山不大，原路返回又继续前进。

慢慢接近山顶再也无法前进。眼前是一片开阔的天地，可以俯瞰整座城市，遥遥可见房屋的轮廓和烟火，芝麻大点儿的人影在田间忙碌。那时，太阳刚好落至山巅，金黄色的光芒开始在地平线以上蔓延。我把手放到眼前，手指分开，眯着眼睛看太阳，耳边的风声转着弯地吹向远方。那时，总有用不完的力气，跑到山巅，用力把纸做的鸟儿往空中一抛，手中的线慢慢放长。我顺着风越放越高，旁边的小伙伴也都张罗起来，三四只鸟儿在比山更高的空中翱翔，用上帝的眼睛俯瞰这座城市。一阵大风刮来，我手中的线突然被刮断了，那塑料纸做的小鸟儿呼的一下就蹿到了更高的地方。也不知道当时怎么了，我追着风筝失了心地奔跑，小伙伴在身后叫我也听不见。眼看风筝越飞越高，越飞越远，而我就一直跑一直跑，想知道它到底要飞到哪里去。

当然，它还是飘走了，我没有追上。后来，我发现自己身处一片荒野，四下无人。天色暗下来，黑色的风在耳际盘旋，不见一丝灯火。我大叫一声给自己壮胆，然后一路小跑下了山，路上踩断好多树枝，隐隐约约看到挂在树上的破烂衣服，似乎还听见只在夜里才有的声音。但我一直鼓足了劲儿往下跑，头都没有回过。看到人烟的时候，我的衣服裤子都已经破了，脸上脏兮兮的。现在回想起来都有些后怕，要是在山上跌倒或者迷路，我肯定是爬不起来的。

直到过了很久，我依然心心念念那只断线的风筝，它像是儿时的一个魔障，飞在空中，去到更远的世界。那个世界是这个小城市以外的空间，是远离这个轨道的神秘国度，是儿时的我去不了的地方。我看见那只塑料纸做的鸟儿，歪着身子一直向东北方向飘去，飘得比云还高，比星辰还远。它一定看见了很多东西，也不知道是它自愿的，还是被风硬拽着去的。

一晃二十多年了。后来，我所见的世界比那只风筝大得多，远得多。有时，我觉得自己和那只断了线的风筝很像，有些事情是自己想去经历的，有些是被命运裹挟着不得不去经历的。从线断的那一刻，它的命运就已经注定，回不了头，也只能继续往前飞。我想，人生看似很多选择，但其实是没有选择的。

我之所以想把它们都写出来，是因为时间和记忆本身就在那里，它们早早地就准备好了。而这些年，我走过的每一段路，吹过的每一阵风，看过的每一道光，都成就了我的身体、脑袋和价值观，它们幻化成我眼中的神和脚底的纹，结实、勇敢，充满细节和柔韧，一闭眼就能看得见。每一个故事、每一个来自时间里的人，被我揪出来，按到纸上，他们在我的字里行间跳动，冒尖儿。这种记忆是任何事情都打不垮，任何人都拿不走的，上帝作证。

2016年12月4日晚北京

马桶上的哲学家 092
斯里兰卡的神秘咒语 096
耶路撒冷的好 103
职业撒谎者的坦白 111
你已经变成那个无聊的大人了吗 117
有种，当一辈子文艺青年 122

久留

风光 129
火车旅行爱好者 130
榴莲发烧友 134
高棉食物 139
越南有好吃的吗 144
『分手』之旅 150
比吴哥城更古老的发现 158
二手时光 163
加油站，火车和汽车旅馆 168
来不及告别的旅人 176
老爸的旅行 182
离岛的纯良和人情 190

一念

站台 003
那个身怀春光的少女Ⅰ 004
那个身怀春光的少女Ⅱ 010
庙街里失传的美味 013
那些名字 016
珠峰路上捡来的 022
没人知道那场漫天大雪 027
上北京 030
这就是青春吗 036
露天厕所 042
一天 047
色达的旁观者 057

不改

自语 065
在旅馆和旅馆之间，我是失忆的 066
那个来自文明世界的承诺 072
恋恋菜市场 076
旅行的真相 084

一念

站台

那个身怀春光的少女Ⅰ

那个身怀春光的少女Ⅱ

庙街里失传的美味

那些名字

珠峰路上捡来的

没人知道那场漫天大雪

上北京

这就是青春吗

露天厕所

一天

色达的旁观者

站台

2006年的冬天，父母送我去上大学
傍晚，站台里的白炽灯吱吱作响
嘴里冒着白烟
我挤在人群里，毫不犹豫地上了火车
我在车厢里找位置，
父母跟着我在外面一步一步地走
母亲在外面说话，但我听不清
挥挥手就匆匆告别了
这十年，我无数次在这个站台离开、回来
我心里明白，自那次的挥手告别
我就成了永远的游子
那一年
我十七

那个身怀春光的少女Ⅰ

台风快要来的时候，我一个人在马路上，没有撑伞。为了告别我的大学时代，

2011 年一个潮热的下午，我随意在论坛里进了一个北疆约伴的帖子。帖子很吸引人，于是打包好行李，一个人从香港飞往乌市。

发帖人就是妖。那晚，我们约在五一夜市吃夜宵。沿街羊肉串的叫卖声此起彼伏，大桶大桶的啤酒，毛豆配花生。夜市里人头攒动，每一个犄角旮旯都塞满不大不小的桌子，五六个人叉着腿尽情吃喝。妖是最后一个到的。那晚，我们如网友见面，例行自我介绍。她小脸儿煞红，梳了一头非洲脏辫，一口闽南口音。

还好都是旅行中人，不扭捏造作，立马就熟络起来。一路上，她总是靠在半开的车窗上，脏辫甩在日光充足的公路上。在天山南北的光景里，我们说说笑笑，消耗着生命。

故事就是这样开始的。

车开到琼库什台，那是一条只能徒步穿越到喀拉峻的古道。下车后，我们收拾好行李，随手找了根木棍，就进山了。走着走着开始下雨，后面还下起了冰雹。妖说，走南闯北这么多年也没见过六月下冰雹的。我们只好避雨。夜色渐黑，体力透支，加之没水没食物，已经赶不到预定的上车点，手机也没了信号。

妖冲我喊："你这个混蛋，下雨天非要走这条野路子！"

当时，我也很慌，从没见过这种环境和场面，不知如何是好。

"总要找个地方先睡一晚吧，在外面会被冻死的。"说完，妖就拿着手电筒，把冲锋衣武装到鼻子，只露出眼睛，甩着一头脏辫，右手拿着木棍，消失在黑夜里。那一刻，她像身怀武功的女侠。

妖再跑回来，已是半小时后了。她找当地村民借了一个牛棚暂时落脚，弄了几床被子、一桶水。我们吃了最后一碗泡面，汤渣都喝得精光。雨还在下，牛棚漏雨，门也关不紧，雨滴淅淅沥沥落在被子上。两个无助的小混蛋在苍茫山野的一个小牛棚里分享食物、水、温暖和秘密。

第二天一早，眼睛被木门缺口射进来的光线刺醒。妖打开门，打了一个激灵——下了一整晚的大雪，草原已经被埋在下面。雪还在下，妖裹着被子站在门口，白雪把她的脸映得很白。我坐起来帮忙生火，火起来的时候牛棚里烟雾缭绕。那一刻，我坐在一团烟雾里，内心油然而生一种英雄主义，像一个劫后余生、满血复活的小战士，庆幸自己还能看见第二天的太阳。

再后来，警车开上山巅……我们被 50 公里外赶来的 110 救走。

在青春里，我们总会有这样误打误撞的旅行、任性不设防的相遇，来去自由，果敢倔强。我们在路上分享阳光和秘密，惺惺相惜，微风拂过，带来的都是美好的音乐。在这条公路上，你与遇见的人，或挥手告别，或继续同路，他们是时光里的旅人，身体里分泌着引人入胜的春光。

Polaroid

身怀春光的少女Ⅱ

2011年的最后一天，妖对我说："我想去冰天雪地看一场壮美的日出！"
于是，我买了2张去坝上的火车票，坐了8个小时，又转乘7个小时的汽车，裹上这辈子穿过的最厚的衣服，套上最多层的袜子，戴着最傻愣的帽子和耳罩，赶在2012年第一个日出前到达了那里。

回北京后，我带妖逛胡同，北二环护国寺旁有一个百花深处胡同。狭窄的胡同儿口，墙壁上长满了绿色的苔藓。胡同儿里很多人家在二楼养了鸽子，所以经常看到它们掠过头顶，却很少有人问津。她说想要一个百花深处胡同儿的铁皮门牌号，一直想要。于是，我们挨家挨户敲门，有的炒着菜当作没听见，有的理都不理直接把我俩看成怪物。

妖说："我们偷一个吧？"
我哪儿偷过东西啊，但不知怎么回事在妖的推推搡搡下居然同意了。
第一次作案是当天晚上。我们在胡同儿口吃好晚饭，等待夜幕降临。妖在胡同儿口把风，我作案。那是第一次做贼，没有经验，心里跟吃了炸药似的，怦怦乱跳，只要听到风吹草动、猫叫狗叫，就立马收手。其实，我俩紧张得很，大概在胡同儿里盘旋了 10 分钟，偷门牌的事就无疾而终了。

妖回厦门后，一直惦记着她的铁皮门牌。那一年她生日，说无论如何也必须给她弄一个。那天，我下班后，专门找后勤阿姨借了一个扳手，坐着地铁，路上一直在想这次应该怎么偷，万一被抓了应该说什么。到了百花深处已经是晚上了，几个大爷在胡同儿里遛弯儿，窗内时不时飘出做饭的气味，头顶的鸽子有节奏地拍打翅膀。每次，当你觉得四下无人准备举起工具动手时，总会从黑暗尽头驶过一辆自行车，或从墙上窜出一只猫，吓得你魂飞魄散。

我在胡同儿里来回踱步，拿起电话拉大嗓门假装与人通话，或是停在路边像是离家出走的少年，踩一踩脚下的易拉罐儿，弄出一点儿动静，或者扮成一个迷路的游客走走停停，好像被此处吸引又不得不离开的样子。整场表演，没有一个观众，黑暗的胡同儿里，我像一个带了妆的孤独小丑，演了好几出没有人看的肥皂剧。

终于，四下都安静了，炒菜的关了窗户，大爷们回家泡脚，阿猫阿狗也都累得趴在一边。我拿起螺丝刀，蹭到一户人家门口，刺啦一下就把门牌抠了下来，脱下衣服包裹起来，撒腿就跑。也不知道是怎么回的家，一路惊魂未定，时不时看看衣服里的门牌，还在，就好。

再后来，我们一起旅行，去了很多地方，拍了很多照片，写了一些矫情造作的文字，骄傲地宣告我们都过得很好。回望那个在乌市初次见面的夜晚，根本就不会想到两人一起冒险，做了这么多混蛋的事情。每当想起 5 年前无意中点开那个帖子，那一坨励志要环游世界的傻子，居然在后来的某个夜晚，成为一个赴汤蹈火、有情有义的小偷。嗯，掐死她的心都有了。

庙街里失传的美味

药劲上来的时候，我穿过狭窄的楼道，按下电梯，汇入庙街的灯红酒绿中。四面传来人们的交谈声、商铺里的砍价声、酒杯碰撞声、歌厅的歌舞声，乱七八糟地在耳边嗡嗡作响。因为感冒的缘故，脑袋一阵绞痛，霓虹变成虚影，在眼前晃来晃去。此时，只有一碗滚烫的粥能解救我。

这就是住在庙街的好处，24 小时都能吃到想吃的食物。找一处摊位坐下，一碗窝蛋生滚牛肉粥上桌，稠稠的白米在碗里冒着气泡，趁热咕噜咕噜喝下去，出一身大汗，感冒已好了一大半。

我在庙街住了一年有余。刚来香港的时候，觉得这里很酷，一副港片里打打杀杀的模样，每个细节都充满故事性，仿佛一阵迷迭香飘来，肉身便被这味道深深蛊惑。于是，很快找了房子，交了租金，买床、买柜、买厨具，从内地抱来被子和棉絮，就在庙街安了家。

参差不齐的灯箱和广告牌是香港的专属美学。沿街凉茶铺就有好几家，我爱喝夏菇草，清热解肝火。便宜好吃的烧腊店是我每周末的加餐食堂。到了夜晚，街道上支起摊位，霓虹从地上一直亮到几十米的高台，这里的黑夜没有尽头，灯火不灭。各色小吃摊位好像从地下莫名其妙地钻了出来，白天的花店变成小吃摊，五金杂货铺变成小吃摊，连无人问津的一根电线杆旁也支起了小吃摊，大家张灯结彩，拒不收摊。直到每个人的细胞都被美食填满，云层才舍得遮住月亮，渐渐收拢。

那时还是穷学生，庙街刚好是平民消费，每晚熬夜苦读后就会去楼下吃宵夜。我住的四喜楼出门直走，过两个路口左转，有一家非常小的泰餐店。没有门面，整间屋也就 10 平方米，所有的家当都摆在面儿上。老板是一个慈眉善目的老头儿，笑起来脸上的皱纹在炎炎夏日能挤死好几只苍蝇。老板娘是泰国华侨，每月往返泰国和香港两地，把当地的食材带回来。那天晚上，有些凉意，雨丝儿胡乱飘着，依然有些学生仔和老街坊在路上晃悠。我饥肠辘辘地坐下来，老头儿给我做了饭，然后撑起一把大伞。老板娘又回泰国去了，他一个人照看着店面，索性坐下来和我聊天。他是一个乐天派，聊到高兴的事情会开怀大笑。在香港，会笑的人都很珍贵。当朋友间相互打趣时，他的笑声响亮、坦诚、真实。他的脸上仿佛写着“好心肠”三个字，因为他经常会免掉我的一些零碎钱，也会在炒饭时多给我加几片肉，或用温柔的语气说一声“再见”，从不冷脸对人，更不会像有些店家那样把盘子冷冰冰地放到桌上，脸都不转过来。

他炒菜也很好吃，热心肠的人做出来的东西多半也不会差。店里的主厨、店长、服务员都是他，有时老板娘会来搭把手，但做菜的一直是他。我喜欢他做的香叶肉碎炒饭、冬阴功汤，还有咖喱牛肉，量足管饱。他的水平不像大厨，却贵在家常。他的厨房就是一个露天灶台，看起来并不干净，却每每做出光洁如新的厨房也诞生不了的美食。这是一个神奇的露台，只见他挽起袖子，几滴油入锅，手里的大勺在铁锅里来回翻动，不用怀疑，肯定有了。

在漫长的庙街岁月中，我成了他的常客，有时一坐下来，不必点他都知道我要什么。说来，自从 17 岁离家至今，一路北上南渡，吃过的各地风味数不胜数，大多也就停留在“好吃”的程度。但这个老头儿做的菜，却能让人吃出纯棉的质感，冷的时候吃了暖和，热的时候吃了清凉。一边吃一边还有人笑眯眯看着你，让你慢点儿吃，说着“锅里还有”。

毕业后我就离开香港，成为一名“北漂”。5 年后，我回了一趟庙街，穿过几条街，就找到了那家店。老头儿在里面摆弄着什么，门口摆满了各种香料，露台和铁锅都不见了。他抬了抬头，看到我，笑眯眯地说：“我记得你啊，是那个大学生啊，好久没看到你了。”

“你的店怎么变样了？还做泰国菜吗？”我说。

“早不做了，没人过来吃，年纪也大了，就关掉了。现在卖一些泰国的特产，我老婆从泰国进的。”他答道，面孔一点儿没变，热情，爽朗。

那时，我还是个学生，没吃过什么山珍海味，觉得他家的味道就是最正宗的。如今他年纪大了，不做菜了，想是连铁锅都拿不动了，这一脉，算是失传了。

那些名字

故事的开头发生在我的大学教室。在南方那个潮湿的天气里，除了铁，什么东西都会发霉。教学楼的小格子里，每天重复的事情单调而沉闷，似乎永远不会发生改变。晚上，自习室往往只有两三个人，都低着头认真温习英文。我是到教室蹭网的。白炽灯吱吱地响，几只不怕死的蛾子扑在上面。外面黑得出奇，一过傍晚就暴雨倾盆，下个没完，总让人觉得要发生什么大事。

在那个下着雨的晚上，我打开电脑。那时上网除了聊 QQ，还流行泡论坛。我登录了一个关于旅行的论坛，就像第一次发现草莓是甜的一样，心里兴奋得发痒。扑面而来的帖子，让人目不暇接，很多网友在论坛里约伴旅行——啊，终于找到组织了！我在心里持续尖叫 5 秒以上，并保持了一个较高的分贝，再看旁边两位同学还在埋头温习功课，感觉自己像是知道了一个不为人知的秘密，暗自窃喜。

我开始头疼，该在网上给自己取个什么样的名字呢？那时候，论坛上的昵称有一种出奇的一致性，男的一般都叫“孤独的驿站”“灵魂者的守望”“风一样的麦田”之类，仿佛身体里有一种“老子是见过世面”的荷尔蒙在作祟，甩着头发，迎风飞舞；女的喜欢起类似“流浪的小猫”“月下涓涓”“小河流淌”这样小巧灵动的名字。有了这些精神上的参照物，我终于憋出了自己的名字，那是人生中第一次给自己取网名——小驴行走天下，现在听起来差点儿要喷出来，但当时完全有种想奔出教室，在大雨中仰天长啸的冲动。

我在网络上苦心经营自己的形象，并默默计划一场出逃，逃离那个会让人发霉的南方。

那一年的 3 月，我带着这个名字去了云南。我和“狂奔中的耗子”就是在当地客栈贴小纸条时认识的。如果你见到他，会觉得“狂奔中的耗子”这个名字完全专属于他。旅行中，我们都用网名，不问现实中的事情，谁也不认识谁，单纯得很，每个人都卸下真实的身份和标签，我就是“小驴”，他就是“耗子”。

有天晚上，我们住在香格里拉。古城里静得很，我的头靠着窗户，眼睛睁开刚好能看到天空。那天夜里，起初是有月亮的，后来月亮慢慢落下去，出来了一天的星星。高原的天空，清风凛冽，空气特别透明，晚上也亮得很。躺在我对面的“耗子”也没睡着，不停地翻动着身子。月光照在他的白色床单上，突然冒出一个手掌大小的黑色高原蟑螂。我从没见过那么大的蟑螂，“噌”的一下就钻进“耗子”的被窝。大概不到 1 秒的时间，“耗子”就从被窝里跳起来，两只大腿甩在空中，狂叫不止。原本，“耗子”在这趟旅途中一直保持酷帅内敛且见过世面的高大形象，但尖叫横空出世，他的形象在我面前瞬间崩塌。我本来是不想叫的，可是看到恒星般的偶像就这样在眼前陨落，也就乱了阵脚，跟着叫了起来。于是，我俩的声音此起彼伏，高低错落，频率跌宕。我头一次觉得尖叫是可以传染的。

那只高原蟑螂一定是被我们吓坏了，后来不知躲到哪个角落去，再也没见到。但我们的惊恐似乎震动了整个客栈，有人以为失火了，有人以为来了强盗，还有人以为客栈老板遭了绑架，总之，大家都光着屁股，眼睛发亮，甚至还有人拿着家伙冲出房门。

等我俩平息下来才发现，10 个人在狭小的客栈院子里迎着冷风，面面相觑。大家你推我搡，都在议论到底发生了什么事情。我瞬间感到一阵眩晕，

有可能是尖叫过度，加之高原缺氧，有些迷迷糊糊。至于后来大家的情绪到底是怎么被安抚的，“耗子”到底编了一个怎样的故事来说服大家，我已经不记得了，但肯没说自己被蟑螂吓到的事情。那个明亮的晚上，奔跑中的“耗子”在月光下克制地说了声“晚安”，努力想挽回点儿什么，好像我并没有目睹这一切一样。

后来，我觉得“小驴行走天下”这个网名土得很，又换了一个潇洒的名字——望野，听起来就像一个身着黑衣、头戴帽子，拥有过很多女人，可是她们又都得不到的神秘男子。再后来，我用这个名子又遇到“白驼山上的妖小刀”“麦田里的 118”“凯旋门”“会下蛋的松鼠”等等。

有一天，我在电脑前整理照片，看到过去的那些时光，会让我产生一种错觉。我觉得照片里的人不是我，那些经历也不属于我。这些片段式的记忆属于照片里那个年轻、敢闯的少年——小驴。时间在那个节点戛然而止，一切都被定格，并没有延续下去。等时针再走的时候，接替他活下去的或许是另外一个人。

珠峰路上捡来的

老黄是珠峰路上捡来的。

那天，我们在盘山路上颠簸了大概九十九道弯，人都坐迷糊了。睡梦中，姑娘用手指戳了戳我的胳膊说：“下面有个男的在向我们招手，让师傅停一下吧？”车缓缓停下来。我揉了揉眼睛，透过脏脏的玻璃看到外面一个黑不溜秋的男人，戴着棒球帽，骑一辆自行车，后面驮着一大包行李。“我的车灯坏了，晚上怕是骑不到珠峰大本营了，你们能带我一程吗？”他把头微微凑到车前，手搭在车门上，说话的时候口冒白气，语气很急促。我和姑娘都看了看师傅，担心是坏人又觉得不像，师傅连头也没转，一个字没说，关上门绝尘而去。我望着身后这个陌生男人，推着那辆自行车，在越来越暗的天光下，像一只迷途的小猫。雪山的映衬下，他变得越来越小，消失在黑夜的尽头。

“他要是真骑不到大本营怎么办？不会在外面冻死吧？天这么黑，万一迷路呢？”我心里一直在嘀咕。不行，一定要回去把他接上。

就这样，老黄上了我们的车。他话很少，棒球帽压得低低的，和他说话也基本看不清他的眼神，只知道他从成都一路骑行至拉萨，又从拉萨出发，一路骑到珠峰，路上其他队友有的散了，有的体力不支半路就折返了。

老黄其实并不老，只是每次说话都惜字如金，皮肤晒得很黑，黑得像当地人。他身材高壮，由于车上已没有多余的位置，他上来后就一直坐在中间的加座上，一路颠簸。那几年特别流行陈小春和郑伊健的《古惑仔》，因为他黑，长得也帅气，脸部像被清晨的阳光雕刻过一般，于是，姑娘总是搭着他的肩说："古惑仔，你好！"

老黄没吭声，不到必要的时刻他基本不说话，在他的眼睛里总能看到一团散不去的烟雾。到达珠峰大本营的时候，老黄把最大的床铺留给姑娘，和我挤在一张小床上。那晚很冷，我们身上大概总共盖了五条臭烘烘的被子，旁边的火堆里还烧着牛粪，但依然感觉不到一丝温暖。

我被臭气熏天的被子熏得睡不着觉，老黄好像有些高原反应，默默起身拿了一罐氧气，放在嘴巴上吸了一口。我也微微有些头痛，翻了个身。在珠峰大本营 5200 米的海拔上，两个陌生的男人笔直地睡在一张床上，各怀心事。

过了好久好久，老黄突然翻身小声地对我说："这是我第一次来西藏。小时候一直做一个梦，老梦见自己在雪山下和穿着红色衣服的喇嘛一起转山。那时，并不知道西藏这个地方，后来有知识了，才知道那穿红色衣服的是喇嘛！"

我没说话，专注地听着。

“后来在上海工作很忙，一年有300天都在外出差，赚钱养家，一切按部就班。再后来，老婆跟人跑了，我傻眼了。那时，工作也很糟糕，索性就辞了。有一次，又做了一个梦，和小时候的一样。于是，我把房子卖了，攒够了路上的盘缠，买了辆自行车，想来这边看看。”说完，他长长叹了一口气。

“离婚的时候，觉得天都要塌了。想想人生刚刚过半就像快要结束了一样，什么都没有了，家庭没了，工作没了，连魂儿都没了。”我能听出他声音里的颤抖。面对这样一个认识才几个小时的陌生人，我不知道他怎么会有勇气把内心最隐私的部分向外人和盘托出。也许只有在面对一个完全不了解自己的陌生人时，才会放下心中的防备，毫无保留地打开心扉吧！

那晚，老黄在我心中更高大了。那时，我初入社会，对这样有情有义、率性又洒脱的男人崇拜得不行。我觉得男人最酷的时光都在他一无所有的时候，守着一颗还没破碎的心，用尽全力去疯狂、去理想、去诗意、去执着，孤注一掷，且自命不凡，撞了南墙仍心存幻想。这个时期的男人是喷了香水的格雷诺耶，倾倒众生。

虽然我嘴上没说什么，但心里已经暗潮涌动。

就这样，又过了好久。混沌中，我被一阵尿意憋醒，天已经蒙蒙亮。老黄已不在，我裹着军大衣出门，看到他坐在一边抽烟。

“走，撒泡尿去！”我拍拍老黄的肩。

天光已经慢慢显现，珠峰像一道屏障竖在我们面前，清楚极了。那天日照金山的时候，我和老黄对着皑皑白雪，撒了泡热乎乎的尿。这泡尿带着体内的五味杂陈，变成两条高高的水柱，将五脏六腑清洗了一遍。那两柱热气在空气中慢慢升腾，化云化雾，分不清边界，分不清你我。

那天之后，老黄就和我们分别了。他骑车从樟木继续前往尼泊尔，我们回到拉萨。那时还没有微信，走的那一刻只记得道别，忘了留电话。那天，老黄头也没回，一声不响地就走了。

两个人在生命的桥上再无交集，印象里只有那条颠簸的进藏路、寒冷到极点的天气，还有那个看似高大、内心柔软的男人。

6 年之后，我坐在电脑前敲打键盘，准备把老黄的故事写下来。刚提笔，却怎么也想不起来他的样子。我发短信问姑娘：你还记得老黄吗？
哪个老黄啊？姑娘回复。
但是，你明明记得那个戴着棒球帽、身材高大的男人，穿过喜马拉雅山脉，穿过黑暗的小道，穿过珠峰大本营，穿过一个少年不眠的夜晚，但你就是记不清他的样子了。

还有，他名字是老黄吗？还是，老王？

没人知道那场漫天大雪

我曾经去过一个地方，那是喜马拉雅山脉里的一条路。面包车在白茫茫的一片混沌中行驶，中途熄火一次，司机怎么也打不着火，就停了下来。我憋了一泡尿，于是拉开门下车“办事”。风雪吹得眼睛睁不开，我如一只黑色的蚂蚁站在环绕四周的雪山之中。我从没见过那样的景色，被震惊了。那巨大的环形雪山把我包围，空中下着鹅毛大雪，雪花大密度地落在我的眼前，地上的雪积到了脚踝，让人仿佛置身于没有出口的雪山幽谷中。如果此刻上帝在空中看我，我一定像是圣诞水晶球里那个芝麻大小的人儿。漫天大雪里，我眯着眼睛，想努力留住些什么，却觉得什么也留不住。

在之后的旅途中，那次被雪山环抱的情景一直在我脑海里挥之不去。我甚至很自责当时为什么没有拿出相机把那幅美景拍下来。有时在窗边看到雪山，眼前就会出现那天的情景，然后就出了神。但是，没有一个人能说清楚那是什么地方。

回程的路上，司机告诉我原路返回。我一直期待再次和那片雪山幽谷相遇，目不转睛望着窗外。一路上，天气特别晴朗，一点儿大雪的踪迹都没有，360° 的环形雪山怎么也找不见，甚至连三天前那场积雪都看不到，山川、河流、小草和树木，一切都是绿意盎然的样子，那条路也变成无数条普通路中的一条。上帝好像在几天之间收回了所有的美，不露丝毫痕迹。

后来，我们几个当时的队友在网络上聊天，聊起那次穿越喜马拉雅的经历，途中的一些细节很多人居然已经忘记了。有一个队友说那天在车上睡觉，迷迷糊糊睁开眼睛时也并没有下雪，就是雪山中起了一层白雾。我有点困惑，也觉得有些诡异——我们说的是同一件事儿吗？明明就有一大片的雪花从我的记忆深处飘出来，闪烁不定，晶莹剔透，落在我的睫毛上融化成水，刺痛得我睁不开眼睛。我不明白为什么别人眼中的白雾，在我心里却下成了大雪。不过后来也慢慢不想了，旅途中的各色风景和见闻，在不同人的生命里的确是不一样的。写到这里，回头再想那场大雪，它在几千个小时的距离之外，依然下得如火如荼，经久不息。

写下这些的时候，其实我不明白为什么要写这个故事。只是那个画面，一直在我脑海挥之不去。每当我闭上眼就能看到那辆穿梭于喜马拉雅山脉的面包车。那场大雪从少年时代的回忆里一直下到今夜，下得静悄悄地，真真切切。那场雪漫过了山谷、草地、群山，我坐在车厢里，望着窗外倒退的风景。那一刻，大雪渐渐由白变黄，琥珀化了。

上北京

17 岁那年，我去北京参加艺术考试，没买到卧铺，只好坐了 24 个小时的慢车到达北京西站。下车的那一刻，居然一点儿也不觉得累，扑面而来的是北京的风，冰冷刺骨。我提着一个大箱子，脸上挂着傻笑，不停地左顾右看。第一次离开家乡出远门，冥冥之中觉得这是改变我人生的重要时刻。

来北京前，母亲递来两千块钱，那是我的全部盘缠，千叮咛万嘱咐地把它塞进行李箱的最里层，走的时候还检查了好几遍。为了省钱，我在二环找了一间 80 元一天的地下室住下。放下包，照照镜子，决定出门剪个头发，把自己好好收拾一下。大概过了半个小时，回去的时候，房间的门锁已经被撬开了。我赶紧跑进去看，箱子里的衣服被扔得到处都是，当然，钱全部没了。警察来的时候，天色已经快黑了，已不记得他们问了我些什么，直到他们走的那一刻，我的脑子都处在一种隔音状态。一个警察拍拍我的肩说："有消息我们会和你联络的。"

来北京还不到 5 个小时，兜里只剩下不到 300 块钱。我收拾好行李，一个人走在这个城市的夜色中，惨烈苍凉，孤注一掷，一双刚刚落地的脚无处安放。那是那年冬天最长的一夜。裤兜里还剩下从老家带过来的一包饼干，索性就着一瓶矿泉水，坐在路边吃了来北京的第一顿晚饭。

很快，我又在附近找了一间更便宜的地下室住下。因为囊中羞涩，这次住的是多人间，40 元一天。房间里住了 4 个人，小雷子是东北人，小段子是新疆人，还有另一个东北人，我们管他叫小王八。我在超市买了一大包方便面，因为袋装的比桶装的便宜，又赶上大促销。我算好每天要吃的量，买足。一到饭点，小雷子、小段子和小王八就会到楼上一家餐馆吃盖浇饭。等他们走后，我拿出方便面就着佐料——干吃。

那天，北京的护城河冻成了冰，很多人在上面滑冰。将近年关，空中的烟

火特别绚烂，每一声巨响后就飞出一枚巨大的花朵，绽放，膨胀，凋谢，一束接一束，万紫千红，像是夜空里的秘密花园，一切都是那么美好。但这些美好和我都没关系。我抱着一堆方便面，干干扁扁地吃在嘴里没有任何味道。几天后，我把胃给吃坏了，夜里疼得难受，在地上打滚儿。我裹着棉袄，说话冒着哈气，嘴唇也是苍白的。室友看我疼痛难耐，买来胃药，还带我下了馆子。小王八请我吃了一碗京酱肉丝盖浇饭，还有一碗面汤。那顿饭可香了，热热乎乎的，比烟火还灿烂。

我从老家带了一个收音机，夜里打开，让四周有点儿动静。在那个终日不见阳光的地下室，我根本分不清昼夜，只有收音机让我觉得和外面的世界保持着联系。那道长长窄窄的走廊，上悬昏暗的黄色灯光，墙上是深一块浅一块的绿色油漆，地板脏兮兮的。晚上灯一关，蟑螂就从角落里密密麻麻爬出来，我开始不信，亮灯的时候什么都没有，灯一关它们就倾巢而出。我吓得不敢睡觉，于是跑到小段子的床上，一晚上贴着床沿儿，不敢动一下。

就这样，我在地下室住下来。每天早上醒来面对的除了墙壁就是空虚，当时觉得没什么，看看身边这些人，不都在这个城市堆挤着，想努力找一个属于自己的位置，白天在地上干活，晚上走下楼梯，等待他们的是另一片荒原。那些在风中逆行的赶路人啊，就这样微小地存在着，翻起再大的动静对于这个城市来说都不值一提，冷风一过，这些存在都是悲痛又冰冷的。

故事还没完。我丢钱的事儿没敢告诉家里人，一是怕他们担心，二是脾气倔强的我觉得完全能够活下去。事实证明我错了。当兜里只剩十一块两毛钱的时候，我被地下室房东赶了出去。白天在外闲逛，晚上就偷偷溜进地下室，睡在小段子的床上。后来大家都没钱了，干脆全搬了出去。那天晚上，我们走在北京的街头，4 个十七八岁的青年，相互搭着肩，步伐一致，畅

想着我们的未来。我坐在路边看着远处的一盏盏灯火。黑夜里，倘若从对面望过来，我们就是这个城市里暗掉的那一块。那些年不知道哪儿来的那么多生猛的气息和体魄，好的坏的，都要跑着去抢去接，无所畏惧，哪怕兜里叮当作响，都会咬着牙说：我没事！

如今，来北京快 6 年了，有了自己的工作和所谓的事业，被人羡慕。在这个惊涛骇浪的世界上踮着脚过活，成为一个上班机器。每天混在人群里，装模作样地扮演着各种角色，有时甚至需要背弃初衷，暂时忘记那些价值观，成为一个自己都讨厌的人。那些日子我铭记了许久且惶惶不安，仍会为往事中的那个少年提心吊胆，害怕他会不顾一切地往前冲，打破这个世界的规则。回头再看那个十几年前的小伙儿，如果那个时候告诉他，要活下去，只能把心中的一盏盏灯逐个熄灭，他一定会愤怒且不快地回应：我绝不会活成这个样子的！

这就是青春吗

大学毕业刚来北京那一年，我当了大半年的无业游民。每天在租来的小房子里消耗着没有质量的时光，掰着指头计算未来的时间要怎么打发。我常常坐地铁，从起点坐到终点，下车吃碗面，买一罐汽水，提着一个塑料袋再坐回去。我感觉自己穿越了整个城市，从南到北的马路走了个遍，心里却清楚得很，这里并不属于我，或者说，我还是一个暂时借住此处的人。

一到晚上，我常常在路边观察过往行人，看他们到底是怎么在这个地方活下来的。三四个看起来比我大不了多少的男生坐在马路旁边，夹着烟头，喝完一罐啤酒后就把易拉罐扔在脚下踩扁，剩下的啤酒从扁平的罐身流出后汇入路边的污水中，倒映着过往的行人。他们有时发出我并不是很懂的笑声，又戛然而止，默默点上烟，安静地抽上一会儿。等有人经过的时候，他们才从马路牙子边上站起来，把传单递到那个转身就会将其扔进垃圾箱的陌生人手中。

时常想去接一张过来。我感觉我们被一种相同的命运连接着，那是一种摸不着边际的悬浮感，让人活得慌张又敏感。那个夜晚，站在路边的人都是敏感又易碎的，他们无所依傍地存在于路灯之下，水泥之上，像一片片孤单的浮萍在汪洋之中，没有方向地漂着。在茫茫没有尽头的黑夜里，我不知道他们除了在路边喝酒受冻，还能搞出什么动静。

灯火总是川流不息，有司机把车窗摇下来，问我要不要上车；我踢走一个刚被踩扁的易拉罐，不知为什么会愤怒地丢给他一个眼神。那个独走夜路的年轻人，像是一个一碰就会炸的炸弹，最好谁都不要去惹他。我还不想回家，那个租来的居室除了是个睡觉的地方，其他什么也不是。

这样的迷茫期，每个初涉社会的年轻人都会遇到吧。没有理由，没有目标，也不知道未来会去哪儿，一无所有的时候却要面对整个未知的世界，你拿什么去下注？

日复一日，太阳落下月亮升起，身后的星空被霓虹冲淡。心里总是不信邪，总想证明些什么，自己难道就要过这种没有意义的生活吗？我学着抽了一口烟，呛到喉咙，烟气跳升到鼻腔时，我的身体却慢慢下沉，像一颗下定决心的石头。

我开始想方设法让自己变得有意义。我跑到一家电视台门口，骗保安说认识里面的领导，又在前台问明领导的办公室，就这么唐突地去拜访一个根本不认识自己的人。跑了五六次，前后一个月的时间。在那个没有人的办公大楼走廊里，我来回踱步，穿着劣质的西装衬衣，打扮得像一个乡村干部，在厕所里使劲儿照着镜子，把表情整理妥当之后，才一步步挪到办公室门口，还要大方得体地问好。也不知道领导是被我烦透了，还是被我打动了，死皮赖脸的我获得了一个实习机会。那天，我请自己吃了一顿兰州拉面。如今，这些经历讲出来像不像电视剧的狗血剧情？可当时，我真的是这样做的。

后来，我开始疯狂工作，找各种各样的机会，并感受到某些所谓的成就感。有一次，我主持完一个活动，赶上夜雨。我换下衣服，提着西装和皮鞋，狂奔到地铁站。迷迷糊糊地坐了一个小时，下车后在小区门口接到一张健身房的传单。还没等对方开口，我就随手扔在垃圾箱里，心想，我哪儿有时间去健身房？时间都要花在工作上啊，房租、水电、吃住，还有交通，哪样不是靠工作换来的！扔掉的瞬间，一种似曾相识的感觉令我苦笑了一下。哦，我和那个青年的位置对调了，我不再是他的同伴了。可是，我的生活现在有意义吗？除了忙不完的工作，生活乏善可陈。

雨夜使天气更凉了一些，我又生出一种不知何去何从的感觉。街头依然空空荡荡，我还是一事无成，不知去向。我又看到那群喝着酒坐在马路牙子边的青年，他们还是抽着烟，嬉笑怒骂，然后拍拍屁股，消失在太阳升起之前。

露天厕所

穿越青藏公路的时候，我往往会露宿在一些小木屋，因为白天的路程无法预估，夜晚之前也不一定能赶到县城，天一黑，走到哪儿就找附近还有床位的小木屋住下，第二天再赶路。在高原，记得最清楚的就是明亮的星空下一排排破旧的小木屋。一屋子能住五六个人，大通铺。房屋用料大都简单，山里砍的木头，窗户很小，顶部的木头往往圆滚粗大一些。屋内墙上有些破洞，都用报纸糊上去。有的因为年久失修，门窗也关不严实，晚上起大风，总能听到报纸呼呼的声音，还有门窗嘎吱嘎吱的响声。高原的昼夜温差极大，晚上往往降到零度以下，虽然住在屋里，但木屋阻止不了寒气，加之远处总能听到藏獒的叫声，往往冻得人一夜不能入眠。但只要早上第一缕光线出现，就能透过小窗户射到床上。我总是眯缝着眼睛第一个从床上起来。

在那束阳光里，冷热空气交换，深吸一口气就能感到强烈的便意。可在淳朴的高原，人们没有去厕所的习惯，你根本找不到传统意义上的厕所，人啊、牛啊、羊啊、马啊、鸡啊、鸭啊，所有生命都享受同等待遇——在蓝天下如厕，在草地里打滚。当地的藏民给我指了个山坡，在那片长满野花儿的山丘上，几个藏民悠闲地蹲在那里，每个人都相隔五六米，再往旁边看，早起的同行队友也已经蹲在一个山丘的凹槽处，面露难色。我也选了一个离他们相对不远的位置，脱下厚重的外衣丢到一边，蹲下，把脖子伸

得长长的，生怕有人误闯我的私人领地。几米外的几个藏民一边如厕一边聊天。我伸长脖子去看，远处又多了几个朋友，也是被藏民指过来的。因为没有在户外上厕所的习惯，一蹲下来，看着旁边的花花草草，好像到了自家的花园，怎么也找不到感觉了。

这种放荡不羁爱自由的感觉，在上厕所的时候真的不适用。我喘着粗气，眉头紧锁，喉头微微压低，咽一下口水，做出全力以赴的样子。直到再伸长脖子去看，身边的人都已经走光，留下几头牦牛在山丘上孤独地站着。

有头牛把头微微转向我，目不转睛地盯着我看，好像也有什么难处。那一刻，我和那头伫立在寒风中的牦牛相互鼓励，脑电波相互连接，接着，一坨巨大的牛粪从它屁股后面砸到草地上，“哞”了一声转头甩着尾巴就走了。远处传来队友叫我的声音，要准备出发了。于是，我提起裤子，脸色憋得发青，背上行李，又继续上路了。

旅途中，每晚都要住在这样的小木屋中，每天醒来也都要去山丘里如厕，那种难言之隐成了每天必须要克服的困难。有一次天还没亮，我蹲在月光下，抬头看看满天星空，周围特别安静，没有一点声音。寒风中，我隐约感到，在未来的人生旅程中，一定有一些事情是没有那么通畅的。

一天

旅行中，大概一到晚上八九点我都会犯一种“明天焦虑症”：明天应该怎么过才好？应该吃些什么？还有哪些地方没去过？独自去还是约伴呢？依我的性格，前一天计划得再好，第二天行动时也必定会面目全非。现在，我在泰国北部清莱一个不知名的旅馆里，光着脚，眼珠子在转，苦笑。来这里三天了，抽出其中任何一天来和大家分享一下：

1. 昨晚开始，我搬到一家离闹市区更近的旅馆。天黑下来，我就出门，到旁边的咖啡厅喝两杯。沿街的小妹在拨菠萝蜜，一缕一缕的。吃完一袋，我就找了一家捏脚店，舒舒服服地躺了两个小时。我对自己说，像东南亚这么便宜的足底按摩，如果不天天来，就是不尊重人民币！

2. 脑子清醒的时候，我会看书；不清醒的时候，就睡觉。

3. 每天中午之前从床上醒来，摸摸咕咕叫的肚子，吃饭。旅馆对面有一家试过的泰菜餐馆，差不多每天都去吃。我很佩服我，我的舌头和我的胃，我的沉闷和我的单调。

4. 我不喜欢叫人收拾房间，一来会打扰我睡觉，二来会让我找不到自己的东西。于是，房间里总是被我铺满各种各样的行李，箱里箱外，床上地上，浴室阳台，像《2046》里那个总是住在旅馆里并且活了很久的人。

5. 下午，我拿着地图出去，穿着拖鞋和短裤，两手插兜，租一辆皮卡，让头发和腿毛迎风一起横飞。

6. 有时候，我喜欢在旅馆打开电视，听一些乱七八糟搞不懂的话，然后打开窗户，喂喂蚊子。看到地上的袜子，三天没洗了，立在角落里，它们可以证明，我一步一个脚印好好地活着。

7. 晚上会去市场，热闹一下。集市里有一对夫妻，在白庙曾见过。他们在街头唱歌，虽然听不懂，却让我流下了眼泪。于是，我坐在地上，入迷地听，忘记了时间。然后，每晚都去听，打雷下雨也要听，就像每天都去光顾那家泰菜餐馆一样。我很佩服我，我的耳朵和我的泪，我的执念和我的昂贵。

8. 晚上，去酒吧喝一杯，别的不说，只谈生活，要走的路，和自己较劲。我想大多数时候我战胜不了它，如果偶尔获胜，我会买杯啤酒和榴莲去庆祝。天已经彻底黑了，我在旅馆里，推开窗户，上帝会在这个时候把诗意下载到我的大脑里，我会顺着他的意思拿出笔和纸，留住这些灵光。

9. 还有一些秘密我是不会写在这里的。

我想我要感谢这普通又平凡的一天，它组成又刻画了我的生命，让我进化成能够独自旅行的人。

色达的旁观者

那天晚上开始降雨，我和几个驴友从成都一起自驾去色达。雨总是滴滴答答地下一会儿就停，但日夜不停地下。那种雨像一张蜘蛛网罩在脸上，贴着脸难受得很。

几年前，我在高原见过一些巨大的景象，到达色达后依然被震撼得瞠目结舌。晴天时，日光大得让人抬不起头。山雨一来，云层就像河水一样，一卷一卷，后面的卷过来，前面的就淡开。雨后云移动得很快，山里的庙一会儿一个光彩，雨雾一层层地堆着向前，直到撩过房顶去到更远的地方。山坡上时而会出现喇嘛，破烂的红色在雨中显得尤其亮，像是在雨中生长起来的。我住在坛城宾馆，夜里总是头疼。

城里人来藏区总是看什么都新鲜，极端的气候，高高低低的红色木房子，一些重色调的东西和风雨湖山。那天一大早，刚吃过早饭，队友们嘀咕着要去看些什么，我没听明白，只是看到一双双好奇的眼睛，每个人都跃跃欲试的样子。后来有人冒出来解释：是藏民的一种丧葬仪式，他们用这样的方式对死者进行哀悼。我还没完全明白过来，就被裹挟上了车去。

那个地方离色达有一段的距离，一路颠簸来到一个山坡上。更多人已经在山坡上等待，大家穿着冲锋衣，手里还举着照相机，在斜坡上占据了有力的位置。山坡上到处都是巨大的羽毛，一片飞行过后留下的痕迹。我第一次坐一个小时的车，爬了半个山坡去接近死亡。印象里我们等了半个钟头，一列车队才从远处慢慢行驶过来，和我老家的送葬方式一样。整个山坡上已经站满了人，大家都伸长了脖子。我其实不明白，因为他们的眼睛里除了好奇就没有别的了。

不知道为什么，这个场景使我想到了我爷爷死的那一年。那是一个初冬的晚上，我在房间里写作业，母亲在外面喊了一声：“你收拾一下，去医院，爷爷快不行了。”我的手脚下意识地收缩了一下。那个时候还小，没有概念，也不知道爷爷得的是什么病，总之那几年一直住在医院里。医院离我家很近，我和父母走在街上，冷风吹得我睁不开眼。路上父母都很沉默，没有一个人说话。我像是一个旁观者，脸上应该没有任何表情。想到母亲在家里说的话，根本弄不清发生了什么状况。

到了医院，奶奶、姑姑和大伯一家已经围坐在病床前了。看到那张白色的床时，我“哇”的一声就哭了出来，情绪在一瞬间涌出来，眼泪竖着成雨横着成河。那间病房里通宵亮着灯，亮极了，把旁边的桌子、椅子还有人全都染成了白色。我们一家人坐在床边掉眼泪，旁边站着医生和护士，旁观者一样地站着，和边上的白色融为一体。

家属签完一堆厚厚的资料，这人就算是和医院交接了。死亡就在那一沓住院单里，掂在手里轻得很。我亲眼看见爷爷的棺材被送进火葬场，一切从简，买了一个便宜的骨灰盒和他生前的随身物品一起入了公墓。

旁人看到最多说一声“节哀顺变”。来参加葬礼的，吃完饭随了份子就算完事儿，开始淡忘。想到这里，站在几千个小时以外的现在，色达的山坡上，那些好奇的游客又何尝不是这样的呢！迎来送往，拍拍屁股各自还家。这个世界上，死亡是那么公平和冷漠，让人无话可说。

那天，一群秃鹫把他们带上天空，在空中久久盘旋，不肯离去。人在死的那一刻，无论是上天化为风雨，还是落地归了尘土，不过是相同的重量，变着方式地存在，活在各自家庭的血液中，留在有情人的记忆里，与旁人无关。那间病房里的护士和医生也好，站在山坡上的游客也好，他们只是站在那里，仅此而已。

其实，我们在别人的世界里，都是无情的旁观者。

不改

自语

在旅馆和旅馆之间，我是失忆的
那个来自文明世界的承诺
恋恋菜市场
旅行的真相
马桶上的哲学家
斯里兰卡的神秘咒语
耶路撒冷的好
职业撒谎者的坦白
你已经变成那个无聊的大人了吗
有种，当一辈子文艺青年

自语

十四岁，老师说像我这样成绩不好、
性格古怪的孩子，基本上是没前途的；
十六岁，我妈让我上补习班，
我每天逃课偷偷跑去练钢琴；
十八岁，我爸不让我学艺术，
说家里没有艺术细胞，以后很难有发展；
二十二岁大学毕业，家里人希望我回小城市考公务员，
铁饭碗、旱涝保收、娶妻生子；
从小到大，很庆幸自己从未妥协过。
这个世界上，理想都太容易妥协，欲望太容易被放大，
走在不同道路上的另类小孩从来不被看好。
但是，不被看好又有什么关系？
你多年轻啊，
你会成为任何自己想成为的人。
在又一次旅程的飞机上，
致每一个在路上不妥协的你我。

在旅馆和旅馆之间，我是失忆的

一天，一个人突然发现，他与整个世界都不合拍了。

那天迷迷糊糊地被叫醒。有一刻，不知道身在世界的哪一个角落。

只知道睡在旅馆的左侧床位，空调还在嗡嗡作响。前一夜入眠困难，醒来时，身体僵硬得像一个很难被剥开的坚果。被子在角落里皱成一团，抱着一个空心枕头，我突然不知道自己为什么会在这里，面对即将要发生的事情，以及会去到什么地方一点也不期待。外面的清晨多么美，但伸出手去，却又如平行时空般难以触摸，仿佛和你没有一点关系。这是突如其来的意识，却不是偶然发生的，就像是一个人突然被查出得了一种有难言之隐的绝症，而那绝症显然不是一天两天就行成的。

这种感觉发生在日本，确切地说，发生在拍摄节目中。我的工作日程大多安排得特别满，几乎每天都在赶路，每晚换一家旅馆，多年下来也习惯了这种节奏。一天，在日本大分县的一个小镇上游船，我正面对镜头介绍当天的景点，导演突然问我："你还记得我们昨天去了哪里，都做了些什么吗？"我一下子被问住了，摄像机还开着，马上职业惯性地圆场逗笑，心

BLUE STONE
Aromatherapy

里却油然而生一种从未有过的害怕。我分明记得昨天的同一时刻，也是在口若悬河地介绍另一个地方，却一点儿也记不起究竟是哪里了。

日子像是从脑子里被抽走了一般，没有一点知觉。分明记得好像是乘船去了长崎，但又不确定是发生在昨天还是更前一天。那晚下着小雨，我站在山顶眺望远方的夜色，可雨夜中还发生过什么？尝过肉肥味美的日式鳗鱼饭，可是到底是在哪个城市吃的，中午还是晚上？发生过的情节都被打乱了顺序，像是日程表里被涂改的数字。

这种害怕来自于习惯和程序，习惯性地把旅行当成工作，并且程序化地完成它。我看看身边的女主持人，灯光亮的时候，我们都在滔滔不绝地表演，演一个连自己都感觉陌生的人，眼睛里没有光，像一条濒临死亡的、发臭的鱼，却被一个巧舌如簧的小丑附了体，灯光一灭，连魂都散了，一点儿也不相信自己在说什么。

可回过头来问问自己，我的眼睛里还有光吗？

那团眼睛里的火光，微弱到已经快睡着了。如果说，这团火能把一整只猪都烤熟，那现在，就算烤上一夜，架子上的肉都不再会噼里啪啦作响了。

我害怕这种麻木的日子，害怕那些记不起来却真真实实存在过的日子。看看周围，大家对麻木习以为常。商店里的售货员、医院里的医生、讲台上的老师、公交车上的售票员、写字楼的白领、地铁里的甲乙丙丁，脸上无不是冷冰冰的表情，仿佛今天从来就不曾存在过，有谁还会记得今天是怎样过去的呢？

不被记得的日子是可怕的，像失去了自我，可如果连自我都没有了，那活着还能算是活着吗？

早晨起床，发现自己又身在不同的旅馆，还是左侧的床位。房间拥挤得很，阳光走在外面，里面很暗。房间四周是蜿蜒曲折的水管道和电线，水和电流走在里面，它们把我围绕。我分不清此刻是在哪一个城市，只知道旅馆的早餐券上写着一行看不懂的文字和今天的日期。我按下开关，水从水管里流出来，迅速洗漱完毕，清理好没有必要带走的垃圾，把箱子打包，奔向今晚的另一个旅馆。太阳和月亮都在天上，不停地转啊转，地上的日子却过得一点痕迹都没有。

我想，在旅馆和旅馆之间，我是失忆的。

那个来自文明世界的承诺

人的一生中，有很多敢想的、不敢想的，很多承诺，都会在不经意的某一天成为事实或者永远埋藏。

去亚马孙之前对那个地方是充满幻想的，主要是早年看过的纪录片，使我对原始的崇拜以及对生命的神秘抱有一种饥渴式的迷恋。到达秘鲁北部城市伊基托斯——亚马孙河的入口时已近凌晨。破败的建筑、潮热的风、街头夜店昏暗的红色灯光，还有空气中荡漾的有节奏感的南美音乐，门口倒着一辆摩托车，旁边几个小混混聚集，抽烟、吸大麻，手自然地搭在女孩儿的屁股上，时不时往街道处张望。路过时，他会盯着你，直到把你看得手脚冰凉、毛孔冻结。在这里，毒品、暴力和性是必需品，特别到晚上，整个城市没有照明，伸手不见五指。当地朋友告诉我，很多人手里有枪，在这样的夜晚随时会发生枪杀，都是悄无声息的那种。

在伊基托斯的这个夜晚让人不寒而栗。第二天一早，我就乘船前往亚马孙了。直到现在，我都不敢相信人们管那个乘船的码头叫“码头”。穿过泥泞的小路，踩着牛羊鸡鸭的粪便，越过几条堆满垃圾的水沟，我脚尖悬空踉踉跄跄地走过臭气熏天的垃圾堆。垃圾中间，我们的小船安静地停在那里，苍蝇环绕，就像佛陀头顶的光圈。我们随着窄窄黄黄的河道顺流而下，水中不时泛着腐败的气味，食人鱼安静地潜伏在静谧的水下，在更深的水底还有很多不为人知的秘密。本期待那种动画片里硕大的金刚鹦鹉从头顶掠过，当向导让我抬头看那鹦鹉时，我看到的分明是几只黑色的、蚂蚁大小的虫子飞奔于天空，划出几条错综的曲线。

远处渐渐飘来一阵热闹的音乐。河道的一侧，我们看到了炊烟，小船缓缓靠岸。这是亚马孙河岸边的一个印第安人部落，他们正在庆祝建村50周年，整整狂欢了一周。村长醉醺醺地出来迎接我们，顺手给了我一杯黏稠的、白色的酒。我捏着鼻子一饮而尽，背过身去做了个鬼脸。村子里有一对特别可爱的兄妹，眼睛大大的，眼神里仿佛聚集了赤道的所有阳光，看得人浑身暖洋洋的，脏脏的小手在胸前搓个不停。自从我进了村子，他俩就一直跟着我，一刻也不离，好像我是他们的远房哥哥似的。妹妹一直对我笑，哥哥反倒有点不好意思，但那个纯净到让人想把全世界都给他的眼神真是难以抗拒，于是，我牵着他们到处逛，亲得很。

在这个特殊的节日里，每家每户都不用自己做饭，一群妇女正在忙碌着整个村子的午饭。她们在巨大的草地上挖了好几个洞，把燃烧过的柴火放在洞内，一大锅米饭混着土豆放在柴火上，然后用芭蕉叶盖起来，接着用土把洞填上，等待一顿丰盛的大餐。哥哥带我参观他的小教室，给我看他的画，妹妹如影随形，一句话也不说，只是微笑。一路上，两只小手紧紧握着我，有时我挠痒痒松开了一会儿，手一放下，他们就又立刻握住，像大力胶一样再也不分开了。于是，在旁人眼里，我很自然成了这两个印第安小朋友的哥哥。我和这对小兄妹在村子里相处了三天，和他们一起踢球、吃饭、坐在河边发呆，面朝郁郁葱葱的亚马孙森林，听兄妹之间的密语。我们几乎没有语言交流，但一个眼神就能互通彼此。天哪，我们生长在不同的国度，拥有不同的语言，来自不同的社会结构，甚至不在等高的文明刻度上，我

们在荒野中相遇，跨越半个地球邂逅，一个抬头就能了解心意，真是神了。

除了这对兄妹，我也观察了村里的其他人。他们都开心得很，说说笑笑，男人唱歌跳舞，女人席地而坐，小孩四处奔跑。他们不赶着去哪里，也不急着获得什么，不忙着和这个世界交换自己，也不想着去征服谁，安心地在这片并不富裕的土地上生活着。从某种程度上说，文明世界和他们没有关系，那种从土地上长出来的自由刻在他们的生活里，谁也抢不走，谁也换不去。连旁边的鸡啊鸭啊也自由得很，活蹦乱跳地和人们一起舞蹈，打鸣的声音在河对岸都能听到，草野蛮地生长，连河里的鱼都要长出牙齿宣告自由。我很羡慕这里的村民，他们可以随时歌唱，发出自由的声音，而我已经唱不出这么优美动听的旋律了，声音顶到嗓子眼儿又被沮丧地咽了回去，好像在牢里关了很久的犯人。

走的时候，我告诉那对小兄妹："明天，我就要飞回中国了。"哥哥问："你还会来吗？"我不假思索地告诉他："我还会来，你要等我哦！"说完，我把身上的户外头巾套在他的脖子上，坐着小船慢慢离开了村子。小兄妹一直在河边和我招手，其他人都走了，他们还在，直到我消失在亚马孙河的尽头。

那个画面始终在脑子里。

两年多的时间过去了，我回到了文明世界。在这个有规则的地方重复性地工作和生活，习惯性地忘记和冷漠，道貌岸然地把自己交给魔鬼，失去羞耻心，在惊涛骇浪的生活里侥幸生存，猛然想起那个留在亚马孙的承诺……

至今未果，可惜了。

恋恋菜市场

在香港读书的时候，住在佐敦炮台街，从地铁 A 出口右转，穿过庙街——一个塞满老香港记忆的地方。一大清早，楼下早茶铺的卷帘门开启，“热柠水 + 奶油猪”是标配，高高低低的唐楼上竖满了各种招牌，破旧狭窄的街道上阿婆已经拉起了摊位，摆上各式的海鲜干货，两侧的杂货铺到点开张，路中间是搭棚的路边摊。香港人很勤奋，此时，你会看到西装革履的白领侧身踮脚钻过狭小的马路，挤出摊位的尽头。是的，这是我最爱的庙街菜市场。

新鲜的水果、海鲜干货、刚出水的青菜、各种肉类，凉茶铺、杂货铺、理发店、五金店、情趣用品店、黄色书刊亭、充气玩偶店、叉烧烧鹅店，还有一处几十个平方的街心公园。到了晚上，女人们穿着性感，浓妆艳抹地抽着烟，站在摊位后面的阴暗处招揽生意，而不到一米远阿婆的新鲜瓜果摊上已经有客人买走了一大包水果。庙街鱼龙混杂，卧虎藏龙，但十分市井，充满了烟火气，完全没有高楼林立、人情冰冷的模样。

OPEN
NO
EATING
OR
DRINKING
IN THE SHOP

那时我刚二十出头，租住在炮台街的四喜楼，30 平方米的房间，推开卧室门就只能上床。厨房连着厕所，狭小到一个转身就能站到淋浴下面。其实，我也不会做饭，但特别喜欢逛楼下的菜市场，喜欢那种交易时稍显腻味的香港话，喜欢五颜六色的蔬菜水果倒影在布满污水地面上，喜欢晚上亮起灯泡的庙街，人们充满欲望。

每次出门旅行，除了去热门的景点拍那些典型的“到此一游照”，我还特别喜欢去当地的菜市场逛逛。那里仿佛是一个没有被开发的秘密花园，标注着“游客止步，本地人入内”的标识牌。每每去到陌生国度，总会到各式各样的 food market 和 night bazaar 去，无论它们叫什么，总会让我迅速融入当地的生活。

在塞舌尔的马埃岛上，只需靠嗅觉就可以找到当地的海鲜市场，那里 10 米之外就能闻到鱼腥的味道。这个只有当地人会来的地方，一看就有年头了。它坐落于花花绿绿的店铺中央，抬头看，硕大的蜘蛛网笼罩着整个市场，人们在网下平和地交易。看似简单的一来一往呈现出人们对食物的喜好、社交的方式、生活中最放松的状态，甚至一个家庭的生活模式都在这个菜市场里。你还可以在市场上发现一些无法想象的食物。塞舌尔的本地人有吃鲨鱼的习惯，因此市场上随处可见被削掉鱼翅和鱼头的小鲨鱼，和其他鱼类一样被摆在摊位上。很难想象，一个小时之前它们还是印度洋里生龙活虎的小霸主。

同样是印度洋上的岛国，斯里兰卡的菜市场就显得温柔多了。花花绿绿的沙丽装点着不同的摊位，硕大的宝石也不知是真是假。当地的香料琳琅满目，肉桂、丁香、小豆蔻、红辣椒、胡椒、藏红花……每一款都被分装好，就连印度神油都能买到，花几个卢比就能吃到当地甜得要命的菠萝。像这样的周末集市，几乎在每个区域都可以找到。你会发现，在这个工业化的国际大环境里，有一群人仍脚踏实地依靠农业在生活。茂密的山林中，农人们细心照看自己的果树和香料，并把农作物回馈给这个赖以生存城市，像是馈赠一份珍贵的礼物。

菜市场是一个单纯到只靠味觉思考的地方。在这种极简模式下，只要学会一句当地的“你好”和“谢谢”就可以踏平菜市场了，其他的全凭手指。这里的每个摊位、每个篮子、每次交易看似约定俗成，但只要一句“你好”“谢谢”，那层玻璃纸立刻就碎了。

在遥远的秘鲁首都利马，我想要找到传说中的秘鲁神果玛卡，当地人推荐我们去菜市场买。但南美的菜市场和贫民窟、迪厅并称为“三大最危险的地方”，抢劫、贩毒，还有恐怖袭击发生率高出好几倍。虽然被当地人警告说市场很危险，但我吵着闹着要买玛卡。于是，我和我的制片人——一

JANASHAKTHI
INSURANCE
QL 4538
021-9266

个北京女孩儿，心怀忐忑，又充满些许期待，穿越茫茫人海，来到当地的菜市场，四处寻觅。当我们在几个摊位中锁定目标，几个黑人朋友拿着光盘在阳光底下晃我的眼睛，做出挑衅的手势。我俩直奔主题，并不敢看对方的眼睛，学着西班牙语咿咿呀呀发出“玛卡”的字音。带回玛卡，酒店的老板告诉我这是好东西，一个类似地瓜长相的东西，把它泡在水里，一股臭萝卜头的味道呛得人直流眼泪。

这样的经历在旅行中比比皆是，因为每个菜市场都打上了当地浓浓的标记，令你迅速将市井文化和传统印象联系在一起，构成一次完整的感知体验。你会惊奇地发现，世界各地的人们走进菜市场后，居然会有很多的相似性。

当我继续上路，闯入一个又一个陌生的国度，总会抽出一个下午的时间，去当地的菜市场转转，看看那些真实的面孔、人情的往来，用现金交易，以点头告别。

旅行的真相

有一天在家里翻杂志，一幅图片令我激动：在印度洋的塞舌尔群岛上，一个皮肤黝黑的小女孩儿抱着一个巨大的海椰子，站在一大片白色的沙滩上，后面的海天连成一片，夕阳的光线映在海面上，向旁边折射出去，一排排棕榈树斜插在沙滩上。我都能想象到在沙滩上喝着冰镇的果汁，然后一头扎进蔚蓝海水中的惬意。

我决定一定要到塞舌尔看看。

刚好今年 6 月，因为工作的原因飞了 12 个小时，终于来到非洲的塞舌尔群岛。第一天住在锡鲁爱特岛。岛上的第一个清晨，我醒得很早，穿上一件背心，打开 VILLA 的大门，离海边只有几步的距离。清晨的第一缕曙光慢慢出现，天光渐渐升起，一夜的雨后，仿佛所有生物都还没有苏醒，滴滴答答地沉睡在露水里，连风都在沉睡。酒店的沙滩一直连绵到看不见的远方，别墅前是一片椰子树，树下许多寄居蟹开始慢慢探出脑袋，仿佛要开始一天的生活。沙子柔滑得像女人的皮肤。阳光渐露笑脸，海中央有一

个细长的沙岛，一个早起的模特朋友换好泳装准备晨泳。此刻的海滩只有我们两个人，她游到海中央的小沙岛上，升起的太阳光刚好洒在她的肩头，逆光中勾画出一条完美的曲线。

在海边，我找了一只躺椅躺下。耳边的浪潮一阵阵向我扑来，声音舒缓又有节奏，退去的时候尤其舒服。几只早起的海鸟还带着晨曦中兴奋，沿着海平面急速地乱窜。而身后的一切又是那么安静，大家都还在熟睡中，没有多余的嘈杂打扰这份宁静。眼前那平缓的海平面，温柔地舒展开来，顺着光的方向一直延伸，直到看不见。身边一排排椰子树错落地朝着大海的方向倾斜，几片树叶交错着为我遮去多余的光线。这样的景色，正是我在杂志上看到的画面啊！

咳！咳！咳！然而，其实，那个……以上的一大段描写和那张看似唯美的照片并不是我那天早上的真实心情。前一天 12 个小时的飞行，加上时差，是我醒那么早的真实原因。拖着疲倦的身体醒来，加上同屋室友鼾声震天，逼得我不得不走到室外。我忘了是否注意到几只苏醒的海鸟在晨曦中兴奋地飞行，但我身边的蚊子的确是苏醒了，兴奋地飞行之余不时停在我的腿上，有时还停在旁边烟灰缸的边缘，赶也赶不走。那个游泳的美女模

.088.

特，为了站在海中央拍照，冻得全身发抖——阳光还没出来，海水其实冰冷极了。

我的心情也并不是那么惬意，担心今天的行程，计算着中饭的预算，钱是不是够花，以及旁边的苍蝇和越来越强烈的便意。

你看，从某个角度讲，这才是旅行中的真实场景。在图片和文字看不见的角落，在手机背后，它们安然存在着，在更广泛的地方存在着。它们是无时无刻不在折磨你的时差、机场里巨大的没有美感的广告牌、满脸冷漠的穿着制服的工作人员漫不经心地翻看你的护照、机场外乌烟瘴气的出租车和咋咋呼呼的导游、狼狈不堪的超重行李、酒店里潮湿的床、身边的苍蝇和蚊子、尿急得很却找不到厕所的焦虑心情、脸上一个个凸起的包和那些空气中难闻的异臭……它们都是组成你旅行的真真实实的一部分。

大多数你看到的旅行都加了一层滤镜，而真实的旅行其实相当粗犷，粗犷到必须经历每一个肿胀的夜晚和每一次被尿憋醒的早晨。

马桶上的哲学家

在巴厘岛工作的时候，曾经在乌布老街上拍摄过一家很“邋遢”的画家的小店。那家店在老街转角的位置，泥巴做的土房子，坑坑洼洼的墙面好像是随手捏出来的，上面有用茅草搭的屋顶。窗户很小，厚重的墙壁把巴厘岛的阳光死死挡在外面。屋里采光很差，墙上挂满了这位画家的作品：四环素牙的老头叼着烟卷儿、没了心脏的男人和眼里流血的女人，还有一些牛鬼蛇神的小人物。地上挤满了杂乱无章的颜料，稍不注意就能打翻它们，废纸窝成一团安静地待在角落，地面被溢出的颜料填补得花花绿绿。

那日，对他和他的画都不感兴趣，程序性地完成了工作。今天早上起床，翻看手机，突然被一幅自画像击中，坐在马桶上呆呆地盯了好久。不知道为什么，一股电流穿透手机屏幕迎面扑过来，一下子懂了那个糟老头儿——他虽然穿着一件破了洞的花布衣裳，戴着一个垃圾桶里捡来的帽子，住在那个转角的泥巴房子里，但他脑袋里一定装着一个闪闪发亮的宇宙。

旅行中，很多这样的遗漏：第一眼错过，第二眼却在里面找到了金子。

斯里兰卡的神秘咒语

从左上方第三颗牙往后数，整个后牙槽都肿胀了，八成是前一天吃了不干净小吃的缘故，又咸又辣又多香料，应该是发炎了。我尽量让左脸保持呆滞，哪怕一个微笑都有可能触动疼痛不止的神经，牵一发会动全身。我用口腔的右半边喝水、吃饭、微笑，说话的时候把气息集中到右侧，尽量让右边的肌肉多分担一些运动，而让左边的牙齿安安稳稳地坐着听队友说就好。这是我到达斯里兰卡开工的第三天。

拍摄地是一个小村子，方圆八千里也没有药店。我发信息给一个朋友，他说牙疼是因为上火了，要用手沾点儿水，不停地揪脖子和眉心，最好揪出红印儿。所以没事儿的时候会坐在海边揪扯自己的脖子。

摄像师鹏鹏是一个特别乖巧的男生，我是说长相。他和我一起跑了三十多个国家，黑黑瘦瘦的个子，小眯眯眼，说话的时候神色总是羞答答的，有时候手会绕到脖子后面，不知道在抠些什么。反正是干摄像的，一般情况下一整天都不发出什么声响儿。

一天，我坐在海边正揪着脖子，听到后面一个男声“嗷”的一声惨叫，惊动了海边的海鸟，瞬间飞走，椰子和沙子都微微一震。我回头去看，是鹏鹏在叫，于是连忙住手，跑过去看。他被一只蜈蚣给咬了，脚踝立马就肿起来，比馒头还大。

据他描述，脚踝从肿胀感变成麻，又从麻变成疼，剧烈的疼痛让他说话都打哆嗦。鹏鹏满头大汗，你会觉得他身上的血液都从表面收缩了回去，两只手一点血色也没有，变得惨白。他全身颤抖起来。大家手忙脚乱，不知所措，有一秒钟谁都没有说话，那种寂静无声的感觉好像是把疼痛变成了实体，只要伸出手就能摸到一样。

当地人说可以送他去看医生，酒店的服务生立马安排了一辆面包车。我也上了车，一来帮鹏鹏充当翻译，二来也可以让医生看看我那越来越严重的牙痛。

那个地方真是够远的！经过山间一个多小时的车程，终于到达一个小村庄。我们在村口下车，无论如何你也很难想象这里会有医院。实际情况也的确是没有。穿过几间茅草房，我们在一处大房子前停下来。当地向导进去沟通了一下，就招待我们进屋了。

屋里特别昏暗，没有电。进去之后，一个瘦骨嶙峋的老人穿了一件很破的汗衫，点了一支蜡烛从里间走出来向我们问好。他的五官皱在一起，昏暗的灯光下让人辨识不清。向导简单讲述了鹏鹏被咬的经过，他直接把左手放在鹏鹏的脚踝上，念起咒语。那双手布满老茧，粗糙得像是做过很多力气活儿，指甲盖儿里全是污垢，有些污渍甚至已经深深渗进掌纹里，我想很难被洗掉。他闭上眼睛，嘴里念着我们听不懂的话。我站在那里动也不敢动，两只眼睛瞪得溜圆，屏住呼吸，生怕打乱了空气。

随后，他进到里屋。房间里没有窗户，即使有缝隙也用破布塞堵住，压抑极了。屋内的架子上堆满了没有标签的瓶瓶罐罐，台子上有两个裂了缝的铁质托盘。他把一些粉状的东西倒在盘子里，挤了几滴柠檬汁，用手拌匀。屋里到处都是废弃的朽木和铁片，家具破破烂烂。最让我吃惊的是，他把那坨粉状物又拿到门口，直接放在墙角，又加了点柠檬汁在地上又揉了几下。我倒吸一口凉气，吞了口水，心想，这也太不卫生了吧！

他把揉好的一团白色粉状物质均匀地敷在鹏鹏的伤口上，随后眼球上翻，露出眼白，嘴里开始念咒语。一串串咒语从他的嘴里淌出来，仿佛把他身体里蕴藏的神秘力量也带了出来。那是一种无比巨大的力量,像是一团黑雾,神秘莫测。不知道为什么，他的消瘦外形使这一点更加突出。

我问鹏鹏感觉如何。鹏鹏哪见过这架势啊，估计是惊得失去了知觉，连忙说：好像是好点儿了。我也不知真假，本想让这医生再看看牙齿，又害怕他从墙角再挖一坨东西补到我的牙齿上，心想，还是进城去药店买点抗生素吧。

我们的向导好像非常尊敬他，连连鞠躬道谢。他告诉我，这是整个村子最有名的医生，全村的男女老幼都靠他看病，他的咒语最神了。

过了几天，我吃了城里买的抗生素，但牙痛并没有好转，让我吃惊的是，鹏鹏的伤口居然当天就有了好转的迹象，痛感全无。我回想起那天的咒语，他到底说了些什么？难道真那么神奇？

本来我是不信的，直到几个月后，我和一个模特朋友一起录节目。那几天，她常常拿出安妮 · 海瑟薇的照片看，手机里存了好几十张，定时定点地看。我好奇她为什么每天都要看这些照片，她说：“我告诉你一个小秘密哦，你每天盯着她看，并在心里默念‘她就我，我就是她’，你的样子真的会慢慢发生变化哦！”

我抬起头，盯着那个模特朋友看了好几秒，神了！

我终于搞清了那个远在斯里兰卡的医生和他的神秘力量。我想，他的咒语一定是：朋友，你肯定会好起来的！

耶路撒冷的好

进耶路撒冷城的那天刚好是犹太人的安息日，所有人都大门不出二门不入，商店、餐厅、学校、医院……你能想到的地方全都停止营业，就连酒店里的电梯也不需要手动去按，它会在每一层都停一下，如果你住在三十几楼，到达房间可得花些工夫了。那天，虔诚的犹太人要安安心心地在家休息，连饭都不能做，提前好几天就准备好这天的吃食，总之，就是什么都不能做，只能摊在家里。

乌迪不是一个虔诚的犹太教徒，自然不必按照《希伯来圣经》里的规范行事，他可以喝酒，不用留长发，不用穿黑色大袍子，安息日也可以上班，还得陪着我，因为他是我在以色列的旅游向导。他曾来中国学习，中文流利得不行。每次见到我，都咧着一嘴的大胡子对我笑，他的胡须和笑有种“春风吹又生”的感觉。他总是穿一件深灰色的粗毛线针织衫，里面是衬衣，手里总是提着一个小布袋，睁着大眼睛，睫毛比我腿毛还长还翘，一闪一闪，那种笑起来诚恳的样子，让你瞬间觉得世界真美好。

那天，城里的餐厅全部闭店，乌迪带我们去城外的一家餐厅吃希伯来菜。如果在特拉维夫这样的新城，宗教的氛围并不是那么浓重。可耶路撒冷就不一样了，这里汇集着不同的种族、宗教和文化，路上的行人不是戴着黑色的犹太帽子、穿着大袍子，就是留着长长的卷发，一个个规规矩矩的，不随意流露表情，像活在 Word 文档里的人。再看乌迪，除了满脸大胡子提示着他的身份，全身上下无不流淌着活蹦乱跳的气氛。他陪我们聊天、吃饭，看到我对着一碗并不合胃口的“鹰嘴豆餐”哈哈大笑，自己倒吃得特别香。每次吃饭，我吃我的，吃完看看旁边的乌迪，居然什么都可以不要，但一定得有一盘鹰嘴豆，上面再配上满得快溢出来的橄榄油。对于新鲜事物，我从来都是愿意尝试的，但面对这道菜，实在是噎在嗓子里，很难下咽。

我总是开乌迪的玩笑，他的中文虽然说得流利，但总带着怪腔怪调。我喜

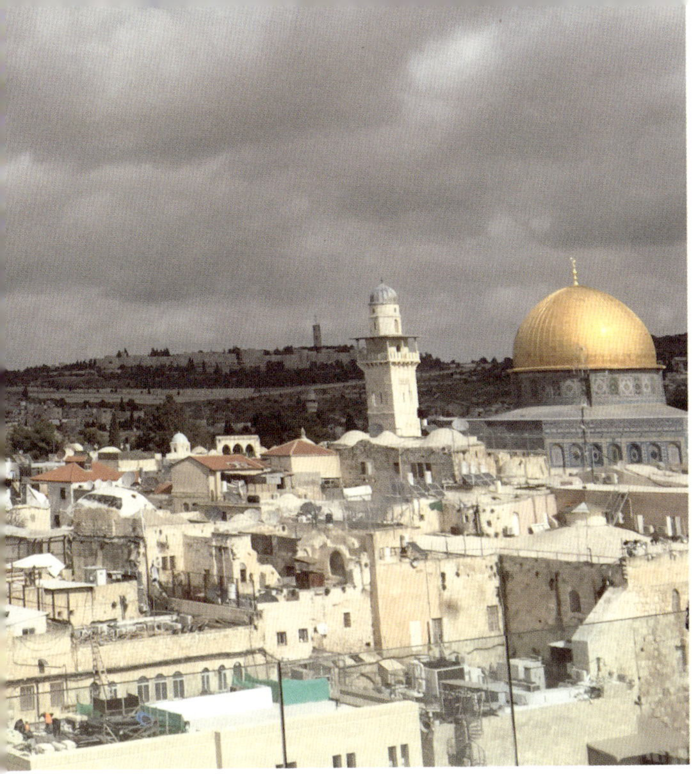

欢让他对以色列的历史做反复的介绍，说到一半我就哈哈大笑，以此“回馈”我吃饭时他的“嘲笑”。再后来，说到一半他自己也会笑起来。

为尽地主之谊，他希望把以色列最好的美食和风景介绍给我。有一天，在死海，他强烈推荐一家当地贝都因人开的餐厅。贝都因菜大都是烤肉类的食物，浓浓的炭火味道和胡椒搭配。那一夜有些许月光，后来月亮落下去，天空静得像湖面。我和乌迪正手舞足蹈聊着各种怪事儿，突然在我们头顶掠过一架战斗机，随后听到远处“轰轰轰”的炮响，吓得我手里的酒杯一抖，后背一紧。后来，每隔两分钟我们就会听到那样的声响，并有战斗机持续飞过天空。乌迪看到我的表情，大声跟我喊道：“那是在演习，很安全的。”说完就咯咯笑起来。我手里的食物停在半空，转头看到乌迪还能吃下那么多东西，笑声的分贝也并没有降低，突然感到这个世界还不算糟。

一次，在一个酒庄喝酒，乌迪喝得有点儿多。他和我说：“其实我们以色列的红酒也特别好，不比其他地方差，还有很多你们不知道的好，我很想让你们知道。我爱耶路撒冷！人们对这里有偏见，有争执，但这是我的故乡。”我明白乌迪的意思，在这个世界上我们总是戴着有色眼镜去看待别人，活在自己的小宇宙里，生怕有不同的想法冲撞了我们固有的思维。我们害怕那些不熟悉的，恐惧那些道听途说来的。

那一刻，乌迪脸上的笑容没了。忽然之间，我觉得这个世界又不是那么好了……或许，是乌迪生病了，又或许，是这个世界病了。

Shir Nash
My Album
from My Concert
in London
Shir Nash
Shir Nash

一 半 现 实　一 半 幻 影

职业撒谎者的坦白

回北京后，整日待在家里读书写字，不社交、不出街、不看新闻，躲在五环以外，不到必要时不进城，几乎成了大门不出二门不入的宅男“坐家”。一日，闲来无事，打开电视，刚好在播一档旅游节目：一个少年衣装整洁，发型一丝不苟，笑眯眯地站在一处旅游景点前，正要完成真人秀中的某项任务。他连连做出这辈子最夸张的表情，用平生能想到的所有美妙形容词描述这个地方：“哇……哦……啊……天哪……”这样的语气词不绝于耳，语调上扬，手势也很急切、热情，充满感染力和说服力。我愣了一下，恍惚间感觉自己正在海洋公园看一场海豚表演，驯兽师和海洋动物们一起为你打造了一个无与伦比的梦幻世界，这个世界无比可爱、无比纯情，人们都充满了爱。

那是浙江省的一个景区，那个发型一丝不苟的少年就是我。但当时的情况和感受完全不是电视里呈现的那样。那是我去过最无聊的一个景区，一般来说，越烂的地方被人记住的概率就越高。试想一下，你每天都穿梭于瑞士某个小镇或法南的小村庄，看到连绵不绝的阿尔卑斯山脉或漫山遍野的薰衣草，你大概是不会记住每一个村庄的名字和每一条山脉的样子，因为它们都太美了，并且美得很持续。可一旦进入一个充斥着无聊的游乐设施、虚假的人造景点、故弄玄虚，第一眼就已经去意已决的地方，你一定会难忘在那里度过的分分秒秒，因为每一刻都是煎熬。

当地导游是个小姑娘，扎着马尾，穿着员工 T 恤，用一种永远在一个频率上的声调介绍着景区，那段背过无数次的台词中毫无情感，一种例行公事的敬业。

“这里是花了 50 个亿打造出来的，”她一边举起右手，一边让我们抬头看，接着说，“园区里还有一个珍宝馆，藏着无数的奇珍异宝，古董的数量堪比故宫博物院。”听到这里，我的嘴型已经张到生理极限的尺度，眼睛瞪得大大的，生怕一个转身、一个眨眼就错过那好几十个亿。

旁边的同事小声调侃:“老板是男的，还是女的啊？生的是儿子，还是女儿？结婚了吗？”我心里一边嘀咕一边想，难道真是一个意外收获？可看看周边乡村企业家范儿的游乐景点设施，每一棵落满灰尘的假树，那些摆在平价超市都永远不会被买走的塑料假花儿……天晓得，那 50 亿都花在哪儿了呢？我抱着半信半疑的心态走进了“珍宝馆”。

里面的确让我大开眼界：巨大的根雕、石雕、翡翠、水晶、鸡血石一字排开列在橱窗中被人们观赏。最让人啼笑皆非的要属镇馆之宝——一个完整的来自冰河时代的猛犸象牙；另一个是皇帝的龙椅，粗糙的雕工，从边缘都能看到胶水黏合的痕迹，并且散发着难闻的化学气味。这明显是一个骗游客钱的地方，对此，我心里早已明白。导游小妹一边走一边笃定地说“这些都是真的，是我们老板的私人珍藏品，价值连城！”眼神中流露出对老板的无限忠诚和爱慕。

听完这些介绍，摄像机的红点已经亮起，导演喊“三——二——一！准备，开始！”只见，旁边另外一个男主持人口若悬河，手舞足蹈地把刚才的介绍复述了一遍，眼里闪烁着胸有成竹的光，心里大概没有怀疑过一次。也有可能，这些台词或更多语汇储存在他的嘴里已经很久，必要时，直接从唇舌之间弹出来，就像打开网页弹出小广告一样，让人猝不及防，来不及关掉，整个过程从嘴到嘴，根本不用走心肝脾肺肾。

我也只好随声附和，在镜头前把自己当成傻子，走过一个个梦幻的“水晶洞”，又穿过一个个“天然溶洞”，忍受着难闻的甲醛味儿，用外人眼中对主持人的专业要求完成这段表演。

这样的撒谎已经成为常态，常态到说完一篇精彩绝伦的演讲都会为自己鼓掌。

以前撒谎还会有些羞耻感，害怕被人拆穿，会红着脸不好意思地跑掉。如今，光天化日下，把撒谎变成工作，把滔滔不绝当成一种得意和成就。

少年时代，上课时坐在教室最后一排，站起来发言会全身发抖，双手在肚子前搓来搓去，不知道该放哪儿；参加全校活动，登台表演时总是闭着眼睛，不敢看人，唯有那样才可以沉浸在自己的世界里，不用顾忌别人的想法；放学路上，总是低着头走，羞于和陌生人讲话。大学毕业后，为了成为一名合格的“主持人”，处心积虑地反复练习，让自己忘掉羞怯。我看过太多娴熟的主持前辈们，在一处靓丽的风景前激动人心的“演讲”，好像他们经历的这一刻就是世上最天真浪漫的一刻，当摄像机关掉，导演喊“咔”，表情立马变了，都是嘴上说说，心里却早已不信了。

突然，很怀念那个沉默寡言的少年，虽然他不说话，甚至紧闭双眼，但他比谁都看得清楚。他对世界有自己的想法，每一句都掷地有声落在心里。

你已经变成那个无聊的大人了吗

“你看外面的云像红色的棉花糖吗？”

距离降落大概还有 50 分钟，飞机尚在 1 万英尺的半空，时间指向傍晚 6:10，从香港飞往北京的机舱内，一个坐在我旁边的小男孩打开遮光板，这样问妈妈。

在飞机上我基本有三个选择：看书、看电影、睡觉。无论哪一个其实都是希望能在飞机上有一段专属的时间，安静地和自己度过。那天，我坐在靠过道的位置。机舱的灯光很暗，因为气流，机身微微有些晃动。斜对面坐着一家三口，大概是刚参加完旅行团的活动，几个小时的飞行加之微微摇晃的机身，此刻已经安然入睡。坐在前排的大概是中环某金融机构的白领，起飞前最后一刻才从电话会议中脱身，之后就在笔记本电脑上熟练地敲打，头再也没抬起来过。上飞机时看到身边坐的小孩，下意识地有点担忧，怕小朋友在飞机上哭闹，还好不是长途，也就看起书来。偶尔斜眼看看身边的小男孩，虽然在座位上活蹦乱跳个不停，但妈妈都很有礼貌地让他安静下来，我也就乐得继续看书。

飞机即将下降，正好是日落时分。那天北京的天气很好，云霞满天。小朋友本来是坐在中间的，吵着闹着要换到窗边，趴在小小的长方形窗口，小手托着下巴，眼珠儿里映着晚霞的粉红，短寸头上还笼着一层暖融融的金光。其实，我也很久没有见到北京这么好的天气了，于是合上书，朝窗口望去。每个月都要飞行多次，大多数时间都在看书或睡觉，从未见过这么美好的窗外景色，一条金色的色带把天空分成蓝和粉红两个区域，大朵大朵的云层下是若隐若现的城市，都市灯火已慢慢点燃。从高空俯瞰，那些错综复杂的马路和街道变成了精心设计的线条和布局，路上的灯光连成一条条光束，交错又分开。

“云为什么是红色的”“你看那个红色的云我昨天吃过，像棉花糖一样哦”“云里有鱼吗”“我能去和他们做朋友吗”小男孩儿睁大好奇的眼睛问着妈妈。突然觉得此刻的自己像一只井底之蛙，而小男孩的眼睛里却住着老鹰，住着上帝。

那一刻，机舱里大概只有我们三人看到了这窗外的美景。本希望听到孩子妈妈用一个美丽的童话故事结束这次美好的旅行，没想到她从科学的角度解释道：云其实是没有颜色的，因为反射了太阳光才变成粉红色。

小男孩的心里大概会很失落吧，因为云不是棉花糖，也不会住着小鱼，更不可能成为彼此的朋友。

前不久得了一本值得收藏的《小王子》立体书，翻开首页，小王子就问了大家一个问题：你看到的这幅图片是什么？很多大人会回答，就是一个帽子；而小王子说，这是一个蛇吞象的故事。有人说，这是一本写给大人的童话书，因为每个人都有童年时光，每个大人都曾经是一个孩子。我们也曾相信会说话的玫瑰、被驯养的狐狸和孤独星球里的国王。可从什么时候起，幻想开始从我们的目光里路过？又是从什么时起，我们已经成了那个无聊的大人呢？

看着小男孩失落的眼神，我忽然想起自己的童年。家乡是一个小城市，那里没有飞机，于是就特别羡慕能坐飞机的人，每次看到飞机都激动不已，连睡觉都梦见自己会飞。如今，几乎每个月都要飞到不同国家。这一刻，在机舱里，看着窗外密实的云层，忽然觉得，现在的我不就活在小时候的梦里吗？如今想飞就飞，说走就走，坐飞机已是稀松平常之事，不会激动万分，更不会问出那个小男孩那样的问题，而是像一个真正的大人。

下飞机后，那个像天使一样俯瞰过世界的小男孩不见了，我们汇入人群，都不见了。有一天，他也会从小孩长成大人，多希望他能慢一点长大，慢一些失去那些宝贵的童心。但这个世界上谁都逃不掉长大的宿命，不是吗？

有种，当一辈子文艺青年

在巴黎圣母院的对面、塞纳河左岸，经常看到情侣们坐在河边裹着大衣在寒风中接吻。在阴云密布几乎很难见到阳光的冬天，你的目光会自然而然在这些温暖的事物上多停留一会儿。鸽子在空中斜飞，不时停在旁边咖啡厅的屋檐上。屋里一个瘦高的中年男人手持咖啡坐在落地橱窗前，每喝一口就均匀地吐出热气，身旁放着一张巴黎地图，显然，稍作休息他就要安排后面的行程了。再往前走一段，就是著名的“莎士比亚书店”。

老板是一个叫乔治 · 惠特曼的美国人，最开始他以情人“Le Mistral”命名了这家书店，直到上世纪 60 年代，征得创办人西尔维娅比奇的同意后才改名为“莎士比亚书店”，后来因一本《尤利西斯》而名声大噪，成为诸多作家和文学爱好者的朝圣之地。书店二楼更是为远道而来的爱书之人免费提供简单的床位。那些来自世界各地的爱书背包客，一边聆听雨声或享受冬日阳光，一边穿梭于书架之间，然后随意抽出一本与之相拥入眠。

我被这 60% 的法兰西浪漫主义和 40% 的美利坚人文主义情怀打动，一边兴奋畅想要把整个下午的时间都花在这里，一边用力拉开那扇窄窄的绿色木门。朋友追在后面大喊：你这个死文艺青年！

是啊，不知道从什么时候起，我成了大家眼中的“文艺青年”。大家给文艺青年贴上标签，有时它甚至成为一个不怀好意的贬义词，比如“爱逛莎士比亚书店的人都是文艺青年”。他们把人分门别类，特别是想表达不满又不好意思戳破时，“文艺青年”就完美地诠释了他们的心境。有些人觉得文艺青年矫揉造作、装腔作势，活在虚拟世界中，吃早餐爱拍照，迷恋撰写心灵鸡汤。他们的世界必须充斥着诗、花儿和小众音乐。他们旅行爱逛冷门书店，不去热门景点，爱巴黎胜过纽约。他们不靠谱，他们不切实际。而那些努力想让自己变得与众不同的人，也常常故意把自己的生活弄出点“文艺腔”，躲在“文青”形象背后孤芳自赏，并自命不凡地说 我好文艺啊！

而大多数人在谈到“文艺”的时候，其实是在谈论一种故作深沉或举重若轻的姿态。他们把“文艺”等同于心灵鸡汤，等同于加了滤镜的照片，等同于韩剧里的男女主角。

可天哪，这是在侮辱“文艺”，是在诽谤“文艺”，他们误解了“文艺”。

让我们回到“文艺”最初的定义。电影、文学、美术、雕刻、音乐、舞蹈、

书法……这些都是文艺，文艺是美好的，从人类起源的原始社会到文明世界，文艺伴随我们的日常生活。做文艺青年一点也不可耻，甚至可以非常骄傲，贝多芬、贝尼尼、达·芬奇、米开朗基罗、但丁、毛姆、梭罗、毕加索、安迪·沃霍、董其昌、王羲之、张爱玲、萧红、王小波、侯孝贤、王家卫……他们是各个年代不同国家的文艺青年啊！

而我所理解的“文艺”，是在黑夜低头走路也不忘抬头看月光的人，是即使撞了南墙 100 次也还要站起来再撞第 101 次的人，是为生命中每一个小细节感动的人，是在庸长生活中发现乐趣的人。文艺青年应该是在现实社会始终保持生活中仅存的那点儿浪漫的人，因为这些浪漫尤其可贵，像风中之烛，不能让它熄灭。他们也应是身处悲剧之中明知结局却依然执迷不悟的小丑，努力地表演，并演出些喜剧色彩。

当我走进“莎士比亚书店”的时候，很庆幸自己对文艺的理解没有因为网络和社会的偏见而有所改变。我看到那些爱书之人安安静静坐在楼梯上，千百年不变，就像海明威、菲兹杰拉德坐在这里时的样子。他们眼神坚定，举止儒雅，头顶悬浮着光亮。他们把书籍的庄严看得比什么都重要，并且认为这些价值应该受到尊重。虽然时光变迁，世界经常让我们眼花缭乱，摸不着头脑，但上帝也适度地呈现了一些永恒的东西，比如，文艺。

如果这些才是文艺，我愿意当一辈子文艺青年，或者文艺中年，文艺老年。

久留

风光

火车旅行爱好者

榴莲发烧友

高棉食物

越南好吃吗

『分手』之旅

比吴哥城更古老的发现

二手时光

加油站、火车和汽车旅馆

来不及告别的旅人

老爸的旅行

离岛的纯良和人情

风光

亲爱的，
时间过去这么多年，
如果有一天，
我们的生命只剩下年龄和疾病，
回望我们最旺盛的青春和时光，
无怨无悔和这些风景
紧紧地联系在一起。

火车旅行爱好者

斯里兰卡有段非常著名的火车线路：从康提出发开往努瓦诺埃利耶的茶园小火车，以及从加勒开往首都科伦坡的海边火车。当地的火车站都非常小，只有两排凳子供人们休息，一些当地人来回穿梭于人群，买卖各种特色小吃。火车是蓝皮或者红皮的，票价相当便宜，大概 10 块人民币就能上车，但是没有空调，车厢的灯光很暗，车速也不快，每个车厢都没有门，一群当地小伙子扒在火车上，当你注视他们的时候，他们会对你露出一排洁白的大牙，然后羞涩地转过头去享受印度洋独有的海风。有个瘦高的小伙子在火车上叫卖，声音不大，非常温柔，拿着一个编织篮，用粗麻布垫在上面，黑色衬衫领口的两粒扣子解开来，袖子上挽，很娴熟地把糕点拿给车厢里的妇女和孩子，交换几个卢比。

火车上，如果碰到当地的特色美食，我总会抱着在别的地方吃不到的想法去尝尝，因为火车每停一个站，都会有贩卖小吃的人抱着篮子上来。我把那个小伙子叫到身边，付了 50 卢比，从黑乎乎的篮子里挑了三个黑乎乎的糕点。他拿出一个作业本，从中撕了一张写满数学公式的纸，包上糕点就给了我，接到手的时候油已经把纸上的数字晕开，还闪闪发光。斯里兰卡的食物口味有点类似印度，当地人吃咖喱，以油炸烹饪居多，而且迷恋各式香料。这三个糕点亦不例外，咖喱味，配合浓重的香料，油腻的口感，别致却算不上好吃，但足以在旅途中给人留下一些特别的回忆。

从加勒开驶往科伦坡的这段是全世界旅行爱好者必选的路线。火车驶过山林，一路的田园风光，进入小镇，穿过破败的贫民窟，一排排房子从身边略过，目测距离也就一个拳头。我站在车厢的上车口，能清楚看到厨房里做饭的妇女。火车像是从他们家的客厅穿堂而过，肤色黝黑的当地小孩在屋里朝乘客打着招呼，窗外的晾衣竿如果再长一公分就可以伸进火车的窗户。隔壁的车厢响起了音乐，几个当地人敲着鼓点，唱起歌来，整个车厢变成一个临时的嘉年华。大家在节奏里自然地律动，挤在过道里跳舞，头顶的电风扇呜呜地转动。火车慢慢行驶在海边，远处的帆影点点，风从四面八方吹来。在印度洋的边上，居然有一条这么让人着迷的铁路，它时速很慢，160公里的路程，要开3个小时。如果不赶时间，享受这慢下来的感觉，也一种美妙的体验。

小时候爸妈也经常带我坐火车，很喜欢那种感觉。站台上挤满了各地特色的小吃摊，只要火车一停，小商贩们蜂拥至每个列车窗口，争相推销自家产品:“我家的大包子是自己发的面”“我们家地里种的玉米，可甜了”“尝尝大肉粽啦，肉不多不要钱”……伴随着小贩们的叫卖，旅客们也你推我搡地拿出钱，生怕自己抢不到。从无锡豆干到嘉兴肉粽，从武汉的热干面到山西的刀削面，再到热气腾腾的山东大包子……包罗万象。如果是早上进站，还有香喷喷的豆浆和油条。那种刚从蒸笼里出来的美食有肉有菜，是小时候坐火车最美好的记忆。不知道从什么时候开始，这些特色小吃一夜间在火车上消失，取而代之的是一副冰冷死板的列车乘务员推的小推车，

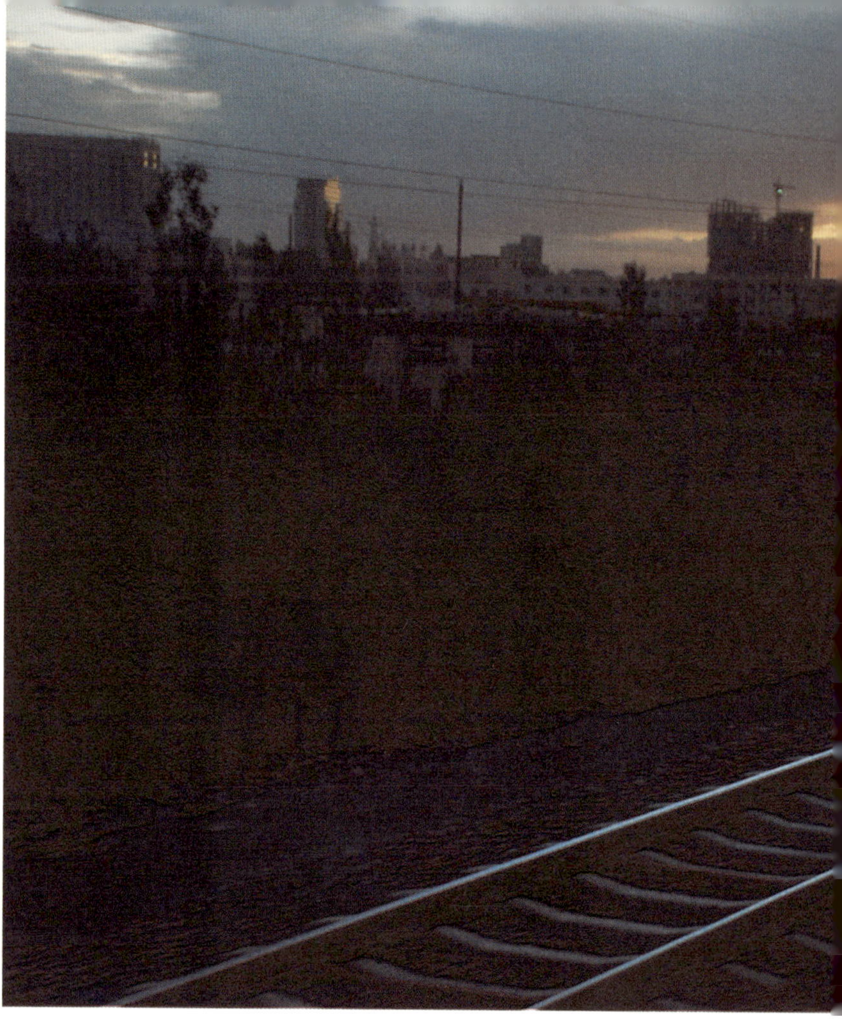

带个小喇叭，里面只有薯片、泡面、矿泉水，以及所有你能想到的简便易食的垃圾食品，而且贵得离谱。车厢里，乘客们不是斗地主就是打瞌睡，再不见小时候的热闹气氛。

行驶在斯里兰卡这条最美的铁路线路上，目及印度洋。身边的小贩还在不遗余力地叫卖推销那些难吃的糕点，难吃虽难吃，但还好这些氛围还在，并没有改变什么。

榴莲发烧友

发烧嘛，就是有病的意思。

吃榴莲这个习惯大概是从大学毕业后开始的，而且上瘾。每到夏天，酷暑难耐，心烦气躁，大多数人这时都得来一个冰镇西瓜，我不行——必须得榴莲来拯救。在北京，市面上能买到的基本都是泰国的金枕头，硕大的个头，饱满圆润，金黄的色泽，扑鼻而来的香气，让人忍不住咽下一口口水。我有几个臭味相投的朋友，有事儿没事儿就聚在家里吃榴莲，臭到天荒地老，臭到海枯石烂。

每次去泰国，两件事必不可少——捏脚和吃榴莲。如果能一边捏脚一边吃榴莲，那简直就是站在人生巅峰、笑看红尘的感觉，画外音应该是：我得意地笑，我得意地笑。在国内，金枕头贵到上天，好容易来次泰国，当然要把榴莲吃个够。在曼谷，吃榴莲可以去两个地方，唐人街和石隆夜市。榴莲白天是不出来的，只有夜色降临，烟火气逐渐升起，人群聚集，卖榴莲的小贩们才会慢慢浮现。

曼谷唐人街有一个老太婆，晚上7点之后会出现在固定位置，卖金手指榴莲，比金枕头味更重一些。有一次晚上工作结束，想去唐人街犒劳一下自己。同事们先回酒店，临走前，几个爱吃榴莲的“臭友”托我带一些金手指回去。于是，我大摇大摆地走上前，二话没说，和老太太比了个手势，几秒钟后我就捧着两个包好的榴莲“啧啧啧”地吃起来，油头满面，裤衩儿背心儿，蹲在地上吃得完全不顾形象。美食面前，那些平日的扭扭捏捏都省去了。吃完觉得还不够，又带了10大盒包好的榴莲回去和同事们分享。

在泰国，公共场合以及酒店里是不能吃榴莲的，只能外食。所以依次打电话问有没有人下来，有的睡了，有的刷完牙了，没一个人下来。我抱着10大盒榴莲，坐在酒店门口的台阶上，小风吹得心里发痒，想到在北京馋榴莲的日子，真想双手合十感谢上帝！于是，一盒一盒地拆，一个一个地吃，路过的保安对我苦笑，街头的流浪猫朝我龇牙。他们大概都不懂发烧友的快乐。当我消灭完最后一盒的时候已是夜里12点半，我打了一个饱嗝儿。这气荡山河的味道，如一朵蘑菇云般冲上云霄，随后一层薄薄的烟雾从月亮上掠过，汇入黑夜。

除了泰国的金枕头，马来西亚的猫山王才是榴莲发烧友心中的劳斯莱斯。今年 5 月，我落地马来西亚的沙巴岛，一下飞机潮湿的空气扑面而来。我深吸一口气，拖着当地朋友就去了沙巴岛的集市，四处寻逛，芒果、山竹、红毛丹、菠萝，热带水果依次排开，每个看上去都香甜可口，五颜六色装点着各个摊位，仿佛面带笑脸，等待人们去咬上一口。

“为什么没有猫山王呢？”我不解地问当地朋友。他说 5 月份来沙巴是吃不到猫山王的，只有 7 月到 9 月才能吃到，现在应季的水果是小菠萝。我恍然大悟，原来不到季节。早已习惯在国内一年四季都能吃到西瓜，想当然地以为一年四季也能吃到榴莲。原来，在这个并不算遥远的小岛，人们仍顺应着自然规律，遵守着季节的法则。

想到日本也有“季节限定”的美食，意思就是什么季节有什么季节的食材，从梅子到柚子，从帝王蟹到河豚，从樱花到梅花，都在不同的季节一一登场，绝不去抢别人的风头，想吃某款食物，必须在相应的季节才行。

于是，往往是吃着帝王蟹的时候在想河豚，吃着小菠萝的时候在想猫山王，只有当其单独出现时，才会有一束追光打在它们身上。那些一年四季都能吃到的蔬果，犹如那愈发模糊的四季一样，已慢慢失去了它原有的味道，番茄不是番茄，草莓也不是草莓，连苹果都没了苹果味，就好像大型晚会里的演员，每人都浓妆艳抹，分不清彼此。

唉，不吃也罢了。

高棉食物

离开金边去暹粒之前，6 年没见的大学同学 Tina 约我到一家当地特色的餐厅小聚。她是柬埔寨人，典型的东南亚长相，个子瘦小，常年日晒下皮肤显得油而亮，看得出长长的头发经过精心的照料，像是照着路边某个颜色鲜艳的广告牌上的模特发型打造的，高高的颧骨上驾着一副眼镜，英语说得流利。当时，我们班有三个东南亚学生，一个来自缅甸，一个来自越南，另外一个就是来自柬埔寨的 Tina，我常常会把他们弄混。

正午时分，我在入住的民宿门口等她，日头烈得像伏特加。我时不时到门口张望，旁边的男人裸露着上身在树上的吊床上睡着了，几只苍蝇你追我赶地盘旋在小卖部的柜台上。屋里的小孩儿正在扒着碗里的饭，嘴角还粘着几粒泛着油光的米。电线杆错落地相互交织，蟾蜍们放肆地叫嚣。

Tina 说要带我尝一家当地很不错的餐厅，吃高棉菜。说实话，在金边只住了两天，这大概是我去过的最无聊的首都了。寥寥无几的旅游景点，博物馆和纪念馆主要都是红色高棉的历史主题，食物也乏善可陈，口味、菜式和泰国很像，但又没有泰式那么品类丰富。在亚洲的美食体系中，大概没有人会把高棉菜单独列出来，没有一篇美食文章来专门评价它，甚至可能都没有人知道它，它引不起人们的注意。

很快，她的车停在了民宿门口。我们热情地拥抱，他乡遇故知真是一件让人百感交集的事情。我把大大的行李箱努力塞进她的后备厢里。虽然在社交网站上彼此关注，但见面时还是觉得有些陌生。我坐在副驾驶上不停询问她的近况，让见面的气氛显得稍微活跃一些。车子穿梭于错综复杂的车道和人群，很快到达了目的地。那是一家并不显眼的餐厅，我们脱了鞋上到二楼，屋内的陈设很简单，几尊雕像显得有些寡淡。有几桌客人已席地而坐，倚在东南亚式的靠枕上。我把菜单交给 Tina，希望她能推荐几道美食。

她按照自己的惯例点了柠檬牛肉、煎蛋、一款时令蔬菜、春卷，还有高棉冬阴功汤。柠檬牛肉大致和泰式的青柠鲈鱼做法差不多，只是食材换成了牛肉，肉质嫩滑，加上柠檬的酸味刚好中和了油腻，盘底还垫了生菜；煎蛋很香，但油较重，有点儿像小时候奶奶把猪油在锅里烧到很高的温度才放入鸡蛋，鸡蛋的边缘在油锅中紧密地卷起，盛出来放在盘子里，还带些焦煳的“裙边儿”和零零星星的蛋碎儿。冬阴功汤，是的，并不是泰国的冬阴功，虽然很像，但比泰式的辣很多，口味很适合中国湘鄂川三地人士；至于春卷，与越南春卷很像，但较油腻，炸得更焦脆一些，咬下去还能听到“咯吱”的一声，越是炸到略微泛深黄甚至焦黑味道更香。

这顿饭吃得很有趣，如果不是 Tina 在旁边介绍，我会以为在柬埔寨又吃了一顿泰国或者越南料理。这几道菜我都曾吃过，口味的确有差别。柬埔寨的版本比泰国的更接地气儿，比越南的更多了些人情味儿。我开始对高棉食物有了些好感，而且是那种突如其来挡也挡不住的好感，嘴上虽然不说，但肚子却骗不了人。在世界各地旅行，虽说脑袋不念家，但胃是诚实的，只要出门一周，它就开始咕咕叫。跑了这么多地方，能治好这相思胃病的也只有泰国菜，但现在我觉得高棉菜也可以算进来了。我想，美食能办到这一点，才算得上是上乘。

越南有好吃的吗

从小就很爱看探险类的电视节目，但一直奇怪节目里为什么从来不告诉观众探险家们都吃些什么，是不是直到皮带缩到最后一个洞眼儿，他们才会像电视里演的那样吃虫子、杀骆驼？甚至还会和一只野猪搏斗，在剩下最后一口气的时候，忽然发现远方有一湾清泉，然后脸上浮出一丝微笑？或许还会跳进那汤泉水，把脏兮兮的身体洗个干净？但是这种没有美食做伴的旅行多么让人沮丧啊，还好，我不是探险家，对我来说，美食是旅行中尤为重要的部分，理由多到无法尽述，缺了它就好像没有挠到痒处，浑身不舒服。

到越南芽庄的时候，同行的朋友就告诉我越南的美食有多么多么好吃，你在国内吃的越南料理、越南河粉、越南春卷全加在一起也抵不过这里原汁原味的十分之一。

在芽庄的第一个感受就是完全不知身在东南亚，随处可见欧式建筑，几只小鸟叽叽喳喳地飞过马路两旁的树梢，它们顺着马路而飞，彼此追逐，柔顺友好。小资情调笼罩着这座曾经的法属殖民地。人们都很闲散，下午爱喝滴漏咖啡，吃法棍。坐在一处能看见海的露台，远处是穿着比基尼的白人在沙滩上晒太阳，是不是一幅地中海的画面？

至于芽庄美食，我的体验恰恰相反。因为有工作在身，除了每天在看似高端的餐厅里吃着团餐，根本没有出现想象中的美食，而且全世界给中国人吃的团餐都是一种味道，要么盐放得多，要么酱油放得多，或是提供一种我们都吃不习惯的辣椒，几天下来，整个人无精打采的。最后几天实在无法忍受了，找当地一个朋友走街串巷，终于坐在一家有烟火气的店内。这是马路旁边支起的摊子，风穿过整条马路，把树枝吹得摇晃，板凳很矮很不舒服，油烟就在你的左右。这一刻，才觉得到了越南。

厨师是本地中年人，站在一个很大的圆筒炉子边，里面是金黄、娇嫩的烤鸡。他大摇大摆摆弄着手里的铁棍，均匀地转动上面的烤鸡，桌上放着一些小面包碎给食客们打牙祭。这家店最有名的是黑胡椒炖野猪肉。猪肉一定是带皮的，黑胡椒适量，用些许洋葱垫底，大概少不了一些秘方，再把所有食材放在一个土陶制的小罐子里，密封，焖炖 15 分钟。盖子上有一个出气的小孔，到里面咕噜作响的时候，会同时闻到让人欲罢不能的香味，连骑摩托车和路过的行人都能闻到。等到火候刚好，用筷子在土陶罐子里均匀地一搅，夹一块肉放进嘴里，全身瞬间有触电的感觉。最绝的是，等你把肉吃得差不多了，老板拿出一根法棍，撕成一小块一小块的放进陶罐，沾着里面的汁水趁热吃，光是法棍就能吃掉好几根，有点小时候用馒头把西红柿炒鸡蛋汤汁儿都沾干净的意思。这越南食材加上法兰西创意，野猪肉配法棍，简直是我吃过的最默契、最奇妙的拍档。

当你走进真正的芽庄的小街小巷，每一家店都忍不住进去看看。早餐来一碗河粉，加一些爆浆肉丸或牛肉；中午来锅排骨配一小碟青菜；下午在滴漏咖啡的香味中度过；到了晚上，一定不要走大路，拐到旁边的小路，路的转角处有一家鸭火锅，点上一份春卷、一份鸭火锅，或者在菜单上随手一指，我保证，几乎就没有不好吃的。春卷炸得焦脆金黄，热油还在上面呲呲啦啦地冒泡，一定要趁热咬上一口，一定会连手指头都嘬舔干净。鸭火锅更厉害，汤鲜味美，往里面下点粉丝、青菜，点一瓶啤酒，挥汗如雨地在露天环境大快朵颐一番才有味道。走的时候，甚至还会舍不得放下那仅剩了半口汤的碗。

日落之后，不要忘了去 Spa 放松一下。和朋友随意进了一家看起来还不错的门店，舒舒服服地躺了两个钟头，从手法到环境都很满意，特别是在吃饱了之后，真是一次不错的身体解放。后来，我们又听旅行

社的朋友推荐，去了芽庄顶级酒店里的 Spa。露天的房间用草帘子拉起来，没有空调，手法真的很一般，和市井内的简直是天壤之别。

晚间外出，夜风吹透身子，精神抖擞，感觉街道也舒展开来了。街头的小摊位还在提供夜宵，每个小小的灯泡下都可能藏着让人惊喜的美味。我们在小巷中找到了当地美食，在街边的 Spa 享受到了完美的夜晚。可见，要找美食不能走大路，得穿小巷。

芽庄是这样，同理，这一法则在世界各地也通用吧！

『分手』之旅

我和 Z 在早已选定的一家餐馆坐下。路上因为太饿，我在路边摊买了一个暹粒“煎饼”，那是和中国的鸡蛋煎饼差不多的东西，只不过里面包的不是薄脆，刷的也不是辣酱，而是将浓稠的巧克力酱抹了两层，放入一根香蕉卷起来。点菜以后，Z 就点了一支烟，那是我们走完整条街后选定的餐厅，他的心情显然不错，计划着一会儿零点该怎样度过。

这是一家在当地还算高档的餐厅，我们坐在顶楼，那时天色已近黄昏。因为是 2015 年的 12 月 31 日，餐厅的座位几乎都坐满了，楼下人头攒动，路边的灯牌已经慢慢亮起来，一场派对就要开始。在我的对面坐着两个白人，他们用英语和法语交谈，时而轻轻举起手中的酒杯，在桌子上清脆地碰撞，在夕阳下计划着未来在阿姆斯特丹的一家企业里工作，或者是去西班牙开一家证券服务社。

我和 Z 认识并不久，准确地说，我们是在这次旅行中才相互熟悉的。Z 在一家知名企业上班，规规矩矩，有房有车，朝九晚五地过活；我在一家电视台供职，居无定所，常年在外出差，个性和时差一样混乱。不过，我们都没来过暹粒，元旦正好想出来撒野，于是决定在这里跨年，如果硬要找出彼此的相同点，这应该算一条吧！

“你明年有什么打算？”Z 一边从嘴里吐出一串烟圈一边问，那眼神像是希望我也能问他同样的问题，并已经准备好一大段精彩的说辞来回答我。

“我还没想那么多，大概和今年一样吧，没什么变化。”我的声音稍显微弱，几乎淹没在周围的对话声中。

“你也不小了，怎么不为未来打算一下呢？”他继续问。

我一时不知道该怎么接话。

他接着说：“你看你，年纪也不小了，不想多赚一些钱吗？你有在努力赚钱吗？你应该好好想想这件事。”

我的脸当时就红了，觉得有些被冒犯，可不想打破这跨年的氛围。楼下的音乐已经响起，距离零点越来越近了。

“我就是想做自己喜欢做的事情。我还有很多理想没有完成，想去将它们一一实现。”我本打算把自己想做的事情和理想一一列举，把话题展开，但 Z 似乎没有听到我的回答，而是自顾自地看着手机。于是，那些徘徊在嘴边的话语被我咽了回去。

“我觉得钱够用就行了，这不是我的理想。”我补充道。

Z 抬起头看着我，没有说话，大概心里想说些话来挖苦我，一时又没找好，索性也沉默着。

整个晚餐时间都是这样：他劈头盖脸问我一堆问题，时不时把我当靠垫一样拍打，像在教导一个小学生，一会儿问我喝不喝酒，一会儿招呼我吃这吃那，一分钟也不停歇。他倒是一个很热情的人，只是问题不大合时宜，又似乎没有意识到这一点。

窗外的夜色和人潮提醒我今天应该是个令人开心的元旦。在暹粒城边，有一条古老的护城河。吃完晚餐下楼时，我们已经被人群包围，沿街的表演热闹非凡，路人都挤在里面拍手叫好；酒吧街的每一家店都放着音乐，好像声音必须盖过另外一家才会显得生意兴隆；街边每一个人手里都举着一瓶酒，声音的分贝也都比平时高了八个度，让人喘不过气来。我提议去护城河边走走，想在那里透透气。

如果说酒吧街是外国人的狂欢之地，那护城河一带就是本地人的秘密花园。我们到达时，沿河的街道已经拉起了路边摊，张灯结彩，好像全城人倾巢而出，各式各样的风味小吃让人目不暇接。当地人在草坪上铺一张地毯或者麻布，三三两两团坐在上面，面前摆满自助美食，说着只有一家人能听懂的笑话，并且笑得前仰后合。河面上偶尔吹来一阵凉风，把炸肉或者炒米粉的香气送到人们鼻尖。相比游客聚集的酒吧街，我更喜欢这里，想到能和暹粒本地人一起跨年，心情也慢慢恢复。

看看身边的 Z，他的表情好像完全不如我兴奋，甚至有些嫌弃这里的脏乱环境，坐在旁边抽起闷烟来。

“我刚才没吃饱，咱们买点儿小吃来吃吧。”我想缓和一下尴尬的气氛，邀他一起吃些东西。在我看来，两个人在旅途中需要找一点共同话题，而“美食”就是一个绝佳的切入口。

“你想吃什么，我去买？我看那边有炒粉和炒面，旁边还有炸春卷、烧烤。你想吃水果也行啊，听说这里的菠萝蜜特别甜。”

他继续抽着烟，不像刚才那样滔滔不绝了，或许他并没有食欲，毕竟刚才的晚餐他一个人吃了很多。

街头有个小姑娘推着车，把菠萝蜜掰成一小块一小块的，装在袋子里。我在她家买了一份菠萝蜜，又在邻街的小摊位上买了一碗炒河粉，花了不到10 块钱，蹲在地上大口大口吃起来。一个星期的旅行下来，我的皮肤晒得黑亮，头发也长了，满身是汗，手里托着一碗米粉，劣质的一次性筷子上满是倒刺儿。如果你从我身边路过，会毫不犹豫地认为我是一个本地人。

Z 在旁边有些坐不住了，站起身来说：“咱们走吧，我不喜欢这个地方，找个酒吧坐坐吧！”

我们没有回酒吧街，在路上看到一个露天酒吧，DJ 在门口打碟，门口有涂鸦，一堆男男女女在座位上说笑话。老板拿上来两杯劣质酒，我三下五除二就灌到了肚子里。旁边的男人也喝多了，像一个野兽般扑倒在女生的怀里，并不停地往肚子里灌酒，简直快要发疯。

Z 凝视着我，身子一动也不动，我也目不转睛地盯着他。在那一刻，彼此眼中是没有 connection 的。

一杯酒下肚之后，Z 开始抱怨他对这次行程的不满，后来又胡乱说起自己的抱负和明年跳槽的计划，要疯狂地赚钱，然后移民，并无意识地嘲笑我。

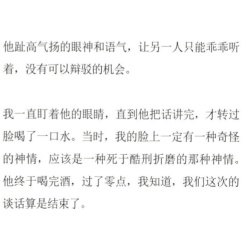

他趾高气扬的眼神和语气，让另一人只能乖乖听着，没有可以辩驳的机会。

我一直盯着他的眼睛，直到他把话讲完，才转过脸喝了一口水。当时，我的脸上一定有一种奇怪的神情，应该是一种死于酷刑折磨的那种神情。他终于喝完酒，过了零点，我知道，我们这次的谈话算是结束了。

其实满足是我们能够做的最简单的事，

可你总是不愿意。不愿意是这个世界上最难的事。

比吴哥城更古老的发现

一阵颠簸使我从朦胧的睡意中醒来，大巴车穿梭于叫不出名字的柬埔寨乡村，车轮碾压过碎石子路，背包在行李架上不停晃动。我活动了一下腰身，发出“咯吱”的响声。窗外已是日暮的尽头，远处一缕金色的霞云悬浮在空旷的田野上方，也就一扎手的距离。车一直开在土路上，风卷起的灰尘飞溅到车窗上，给窗外的田间和村庄蒙上一层灰色。我眯起眼睛，看看表，车已经开了 7 个多小时，我们还在金边驶往暹粒的途中。

为了省钱，我没有坐飞机，没想到此刻仍在路上，座间距窄小不堪，屁股酸胀到难耐，四肢伸展不开，让人坐如针毡，又动弹不得。上车前就被金边的朋友告知，柬埔寨的客车时刻表向来不准，说是 7 个小时，往往要开上 10 个小时。于是，心里开始后悔，是那种每次旅行中为了省钱都会有的后悔。

那晚，到达后辛苦极了，甚至记忆都累得自动删除了情景，处于休眠。已不记得到达酒店的时间，之后有没有洗澡、衣服是否从行李箱中取出、包里剩的面包扔掉或吃掉、是否兑换了货币、安没安排明天的早餐……如此，全无记忆。醒来时已日头当空，太阳在叫，简单地在酒店吃了便饭，戴上墨镜，租了一辆皮卡车，直奔吴哥而去。

那些破败的寺庙在我眼前一一呈现。这个 13 世纪末东方王朝的所在地，在 200 年后，竟然成了野兽出没的地方，隐藏在暹粒的郊野，一度被人遗忘，直到 19 世纪才被一个法国植物学家发现。

这里四处散布着雕像的碎块和绿得发青的石头，始终在你脚下偷偷发出微弱的“咯吱”声，传递着来自遥远国度的密语。参天的树木触目可及。它们的种子在数百年前被不知名的鸟儿播种于古墙上，在那里生根发芽，枝繁叶茂，像蛇一样蜿蜒盘曲在每一块砖瓦之间。寺庙中看到最多的是残缺的佛身，佛头都不知所终。走过湿答答的砖石，一股潮湿的朽味在空气中蔓延，一些灌木丛和东南亚专属的野草在石块间隙野蛮地生长，为这青绿色的断壁残垣装点了一些姿色。

这片废墟带给我一种莫名的、失落的美感，这些破败之处恰好也是它的动人之处。日落时分，我和朋友来到巴戎寺。游客已经不多，心中窃喜，因为再美的景致也会因为喧嚣的游人黯然失色。此时，余晖下的建筑覆盖着一层暗绿色，那是岁月的苔藓和无数雨季发霉后的痕迹。等到夕阳西下，色泽转为淡淡的暖黄，或者说是鸭蛋黄，和正午时的颜色截然不同，奇迹只在此刻上演，光线的变化赋予了它们自身没有的美丽。可惜，大多数走马观花的游客看不到这一幕，他们早已在下一个景点呼朋引伴拍照了，或是在开往下一站的大巴车里呼呼大睡。

路边的作坊里，几个当地居民正在轱辘上转着陶器，准备拿去烧制。走出吴哥城，我坐上皮卡车去了当地人真正生活的地方，那些乡野的地方。其实，大部分柬埔寨人还是居住在树叶搭建的住所里，屋子一般是悬在空中，两棵树之间挂上一个吊床，你总会看见一个裸露上身的小孩儿在里面熟睡的情景。他们自在地摇晃，怎样翻身都不会掉下来。刚好赶上村里的小孩放学，他们三三两两走在路上，农民在田间干活。人们煮饭、捕鱼，在村子里做买卖、进寺庙拜佛。街口的一个当地大妈，瘦小精干，从棕榈树上凿孔引流，萃取树汁，放在锅子中慢慢熬煮，等到香气扑鼻时，串成一颗颗棕糖，孩子们人手一串。这种古老的制作手艺一直保存到现在。如果一个 13 世纪在吴哥城睡着的人现在醒来，一定会非常习惯这里的生活，物换星移，但这里朴实的日常和他们的祖先一模一样。

晚上，又去了巴戎寺，那是吴哥城里我最喜欢的寺庙，每一座塔都有一尊雕像，它们仿佛在对你微笑。夜幕降临，那些面孔渐渐淡出，但它们仍然注视着你，在你身旁、背后或者头顶，一千双无形的眼睛如影随形。此时，夜风一吹，感觉才重新注入身体。四下无人，猴子在树上打着手语，只能听到寺庙深处蝙蝠扇动翅膀的声音。那个比吴哥窟更古老的时代，正慢慢揭开自己的面纱，而那些朴素的村民一定就是那个时代的主角。

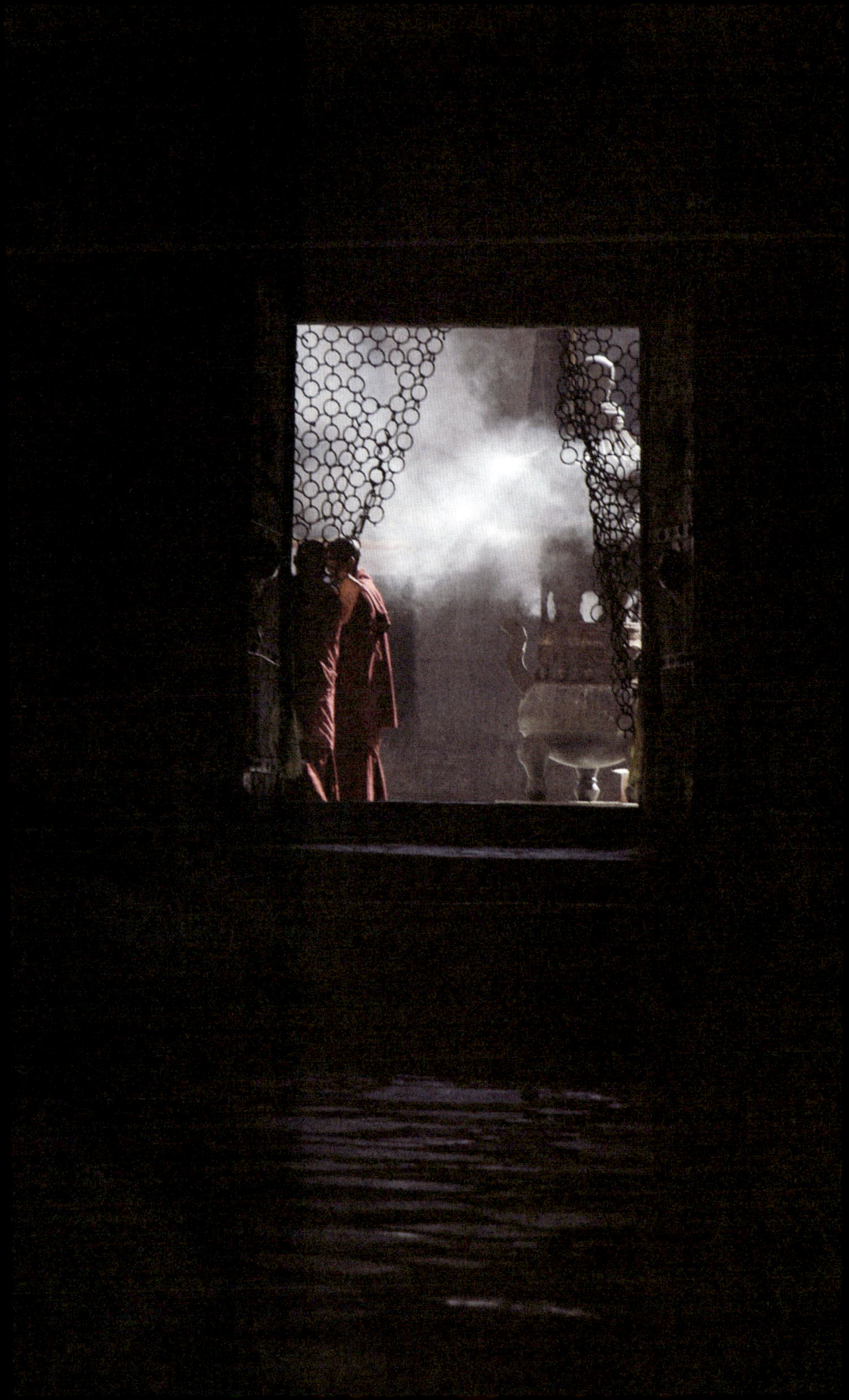

二手时光

在曼谷的美梦实际上是被那个打扫房间的服务员叫醒的。她曾三次提着柠檬味道的清洗剂、推着小车、拿着拖把进入我的房间，看到我整个人包裹在被子里，在床上缩成一坨的时候，立马用泰式英语喊道："Sorry，I am sorry！"临走时把门关上，发出很大的声响，紧接着以同样的方式进入隔壁房间。

我一股子闷气不知道该向谁发，抓了抓蓬乱的头发，还是决定起来，不想被第四次吵醒。打开网络，准备搜索一下第五次曼谷之行后还有什么地方没去过。我打着哈欠，坐在马桶上，手指不停往下刷，一个叫 papaya 的古董店吸引了我。

人还没过 30，却不知为何自己一直以来就钟情于旧物，小时候爱收集旧的卡通小纸片，专门用一个铁饭盒装满了卡通贴纸；还喜欢旧画报里的明星照、旧邮票，把它们一张张从画册里、信封上剪下来，沾一点点水展平四角，然后放在夹子里当成宝贝。长大之后，对旧物更加迷恋，旧书、旧家具、旧的 DVD 光盘、旧的白布鞋，连情人都觉得是旧的好。

曼谷的 papaya 古董仓库很难找，从市中心坐地铁在 Lat Phrao 下车，然后还要打车，在一个巷子口七拐八拐，途经一个菜市场，才看见一个并不显眼的房子。门脸儿不大，门口坐了一个中年男子，头发卷得很有味道的样子。一进去，我瞬时惊呆了：5000 平方米上下三层大仓库，随意摆着复古椅子、灯具、自行车、钟表、卡通怪兽、大号皮质行李箱、医疗器材、钢琴、挂画、老式咖啡机、留声机和黑胶唱片、双反相机、缝纫机、旧沙发、旧烛台、锈铁罐……你能想象到的物品，应有尽有。

恋旧的我看到这些简直要欢呼雀跃起来，目光所及的每一件物品似乎都被一层神秘的光环笼罩，显示出它上一位主人是谁，他的样子、他的品位、他如何使用这些器具，是否来自一个心爱之人的赠予，经过多年封尘又重新被拿出来，再次被新的主人获得，接着，第二个主人、第三个主人……此刻，它安安静静地被放置在这里，等待下一个新主人。哪怕皮质已经被磨损，哪怕已经失去了原有的功能性，哪怕金属的材质早已失去光辉，那又有什么关系？它们依然如此充满格调地存在着。

旧物都有自己专属的故事。淘东西其实淘的是故事，是时光。我去过世界各地的二手市场：在巴黎的露天集市，穿过飘雨的塞纳河，在左岸的流动书店里淘一本莎士比亚的二手原著；在罗马的杂货摊，踩着泥泞污浊的小路，穿过破旧的敞篷，挑选了一下午的旧肩章；在暹粒，和当地人苦口婆心，兜兜转转一下午才拿到吴哥窟墙壁的瓦砾。这些旧物漂洋过海，从欧洲到亚洲，从几百年前到几十年前，我就像动画片里的哆啦 A 梦，打开任意门，带着它们穿过时光机，来到我的家里。

去年在耶路撒冷的老城走走停停，那里盘踞着很多家二手旧物店，里面的每一件器物都带有一种与生俱来的神秘感。耶路撒冷，这座古城本身就是一件巨大的古董，走在千年的石板路上，触摸着古罗马时代、拜占庭时代、十字军东征时代、奥斯曼帝国时代的文明古迹，在耶稣受难的13站里徘徊，在犹太人的哭墙前祷告，你远远地看着先知穆罕默德升天时的石头安静地躺在圆顶清真寺下，走在圣经故事的“神迹”里……不同的文化在这里娓娓道来自己的故事。

在基督教区域，一家很小的店铺前，一个大胡子老头坐在门口叼着烟斗，招呼我进去。古董店很小，每一个物件上都积满了灰。老头开始给我介绍，虽然听不大懂，但看到落满灰尘的旧物在那个不起眼的角落里安静地躺着，在一束被搅动的漂浮灰尘的光线里熠熠生辉，心中不由一动。我在那里整整耗了一个下午，和老头讨价还价，最后收获了两个雕刻罗马帝国时代图案的铜质烛台、一个古老酒壶、一个银质十字军像和一个基督教徒做礼拜时的铃铛。

这些二手旧物不知道经历了怎样的历史，更换了多少主人，在别人看来可能只是一堆破铜烂铁，毫无美感，但我却认为，此刻的它们就是最好的样子。我想，如果时光可以被触摸，它的质感和纹理，应该就是这些旧物的样子吧！

加油站，火车和汽车旅馆

除了高速公路，没有其他路能够通往加油站。

在欧洲旅行，除了火车和飞机，最常见的旅行方式就是开车，因为欧洲各国之间没有边境，一条路连着另一条路，分分钟跨越好几个国家、区域和城市。而加油站好像不属于任何一个城市，也不属于乡村，它遗世独立，像茫茫大海中的孤岛。

这是旅行者的必经之地，从法兰克福开车前往阿姆斯特丹的公路旁，有一家加油站。一般欧洲的加油站都会提供加油、盥洗，以及快餐和超市等服务。加油站的院子里竖了一个很高的广告牌，上面画着烤番茄、若干土豆、一杯可乐和香肠，以此招揽过路的司机和匆匆赶路的旅客。

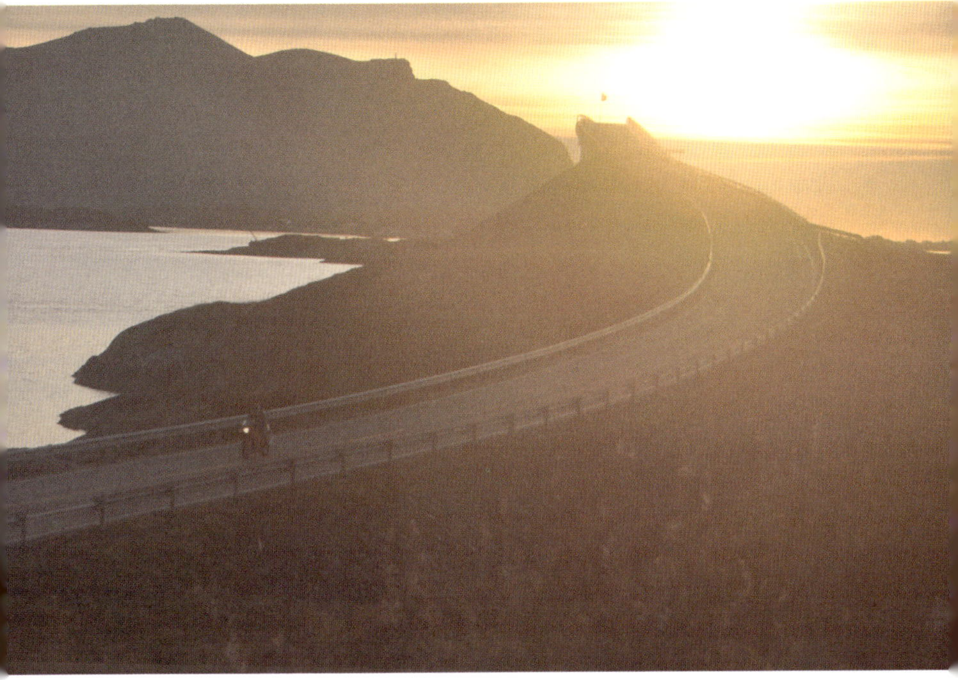

在欧洲，司机每驾驶三小时必须休息一次，因此，一路上我们多次停靠类似这样的加油兼休息站。抵达这家时正好是晚餐时间，司机泊好车，招呼我们去里面吃饭。休息站内，硕大的落地窗，灯火通明，服务员叮叮当当地摆弄着餐盘，几个身材肥硕的欧洲男人排着队等待取餐，旁边的自动饮料机有节奏地供应饮料，一辆接一辆的车子从窗外呼啸而过。司机纷纷打开远光灯，前面的柏油路被照亮，远处乡村影影绰绰，像是蒙了一层灰色的纱。车子在傍晚的公路上飞快穿梭，消失在无尽的远方。有的车左转进来，司机泊车、下来、方便，然后熟练加入取餐队伍，随后悠闲地享用。

我点了一份沙拉和炸鸡，一杯可乐，拿了一根香蕉在窗边找了个位置坐下来。餐厅的玻璃上全是打折促销的广告，如一份套餐配一个玩具可以享受折扣等，各式标有硕大的 20%、30% 数字的招贴画让人目不暇接。

此刻，顾客并不多，除了我和同事，一个女士显然已经吃完晚餐，坐在与我目光平行的位置，一只手端着咖啡，另一只捏着小勺在杯内搅拌。一个年纪稍长的中年男士悠闲地看着报纸，旁边的小朋友大口吃着冰激凌，让人觉得轻松。餐厅里的冷气很足，冷风口呼呼地响着，每个人都在享受自己的专属一刻，没有人交谈，像是开着电视却关掉了声音。旅行中，特别是漂泊异乡，这种时刻往往让我感觉孤独，却是一种温和的甚至有点让人感动的孤独。坐在玻璃窗前，看着陌生友善的人群，在这远离城市又孑然独立的加油站内，方圆几公里内唯一一所灯火通明的小屋，这个旅行者必经却又最容易忽略的地方，我居然感受到了一点诗意。

这种诗意是我常常独自旅行时感受到的：一个人坐在码头，看着巨大的邮轮在出海口驶进驶出；或是坐在路边的咖啡厅内，听着耳畔流动的陌生语言；在机场看着那个毫无美感的电视屏幕上均匀呆板排列着：巴黎、里约热内卢、苏黎世、里斯本、巴塞罗那、佛罗伦萨这些地名……都会觉得莫名的诗意。

可能是孤独产生诗吧！

我常常一个人坐火车旅行。在西班牙时，从马德里去塞维利亚，一路上经过了几十个村子，眼前掠过了数百个身影。比如经过一个乡村，一个妇女正在田地劳动；紧接着在一处乡间小屋的屋顶，一对情侣正在酣畅地碰杯；再经过一片草地，一个男人正在那里打盹；随后穿过一片森林，但见一个中世纪的古堡安然伫立，无人问津；接着是一片球场，当地的孩子正在酣畅地踢球。车厢里一片安静，火车的速度和窗外的风景能把你带入另一个空间，好像灵魂在那一刻出窍，飘入窗外，猛然一个激灵才回到体内。在那个晴空万里的下午，那些经过你脑海的人们，他们瞬间的交谈、

欢笑或生活场景被一个坐在火车里的人定格，虽惊鸿一瞥，你甚至为这些短暂的画面配上虚构的情节，但有什么关系，生活有一半都是虚构的。

其实在旅行中，孤独是一个人必须要去面对的，看看街道上的人流，你不知道他们来自哪里。他们孤单地坐着或者站着，在旅店的床上读一封信，在路上写一张明信片，或在酒吧独自畅饮；他们在火车的窗边孤独地凝望，在站台默默地送别，在书店看书，在斑马线上行走，在黑暗的角落抽烟、接吻，在巷子里做生意，在橱窗里展示，在阴暗的空间交换自己。他们漂泊四方，居无定所，寻找行路的同伴、性或者工作。往往在这样的夜晚，当光线都退去，寒意升起，你才会感受到这些被忽略的场景。

这时，找一家汽车旅馆，把笨重的行李放下，打开窗户，对面的 24 小时便利店还在营业，里面或许还放着收音机。夜色中，行人的脸都藏在黑暗里，不需要看到五官和表情。室内很安静，偶尔能听到外面电梯上上下下运行

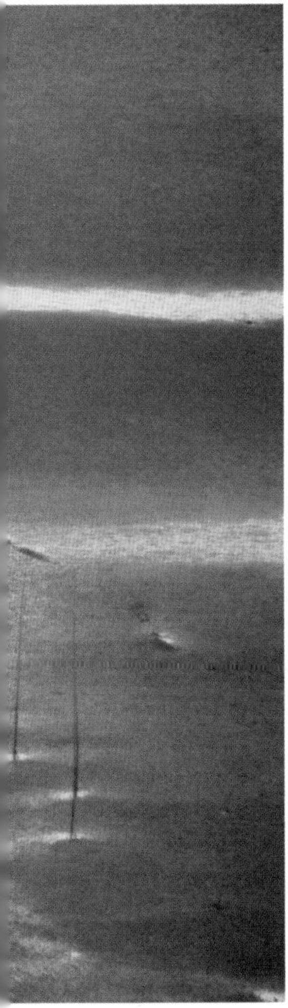

的声音。房间很小，但有利于思考；灯光很硬，但还好没有第二个人。这全新的环境和微微的陌生感让我从一天的旅程中缓过神来，安静地和自己待一会儿，不再为家中的琐事烦恼。

旅行中，这些没被写进行程单、不在任何攻略中的角落，却在加油站、火车车厢、旅馆、码头、路边、叫不出名字的餐厅里，在随意走进的巷子里。我们能找到诗意，我们被机场的屏幕吸引，被火车窗外的景色吸引，这过程恰恰是让我觉得有趣又浪漫的。它们可能在设计上毫无情趣和创意，只是简单的复制品，单调得让人想打瞌睡，不舒适，色彩搭配得不好，材料没质感，灯光不柔和，甚至，还带着柠檬清洁剂的味道。

来不及告别的旅人

飞机降落在以色列特拉维夫机场的时候，机舱里响起了雷鸣般的掌声。那掌声似乎和其他掌声不一样，大家用力鼓掌，相互拥抱，有的还抹着眼泪。我很纳闷，整趟飞行异常平稳，没遇到剧烈颠簸，没有任何恐怖袭击，航班准点到达，他们为什么会如此激动？还没等我搞清状况，坐在身边的以色列人兴奋地对我说：“Are you ok？”我的英文刚蹦到嘴边，他就用力把我揽过去拥抱起来，带着感情一把鼻涕一把泪。拥抱完，他长叹了一口气，好像心里的一颗石头终于落了地。旁边的犹太人拿出一个小本子旁若无人地祈祷，那声音悲喜交织，隐没在窗外的暮色里。

这趟以色列的行程排得很满。有一天，我坐在死海边的一个破旧小酒馆里喝酒，享受着那片宁静。死海附近寸草不生，白天一群欧洲人在水面上飘来飘去，戴着墨镜，晒太阳，喝可乐，看报纸，用泥浆涂满全身。到了晚上，那里就一片死寂，几乎看不到一个有生命迹象的物体。死海对岸，能清楚看到约旦的戈兰高地，几个小木屋里还飘着炊烟，那是多次中东战争的必争之地，铺满鲜血的地方。晚上8点多，酒喝到一半，头顶始终有战斗机飞过，大概一分钟一次，在空中发出轰鸣的巨响。我下意识抓住朋友的手，心里有点慌，那感觉就像置身正在交火的战场，一种不安全感油然而生。

当地朋友说，这是每天晚上都会进行的航空演习，很安全。这块上帝的“应许之地”在几千年的动荡中不安分地存在着，当地人熟练地面对生存和死亡，笑和泪，流浪和归途，拥有和失去，命运和上帝。

那是我第一次感受到生存受到威胁，它像狂风后的残壁，像洪水退去的污浊，像浮在水面上的死鱼，像暴雨洗过的身体，让人觉得空空的，难受得很。

年轻的时候出去旅行，曾做出很多现在想起来都后怕的决定，只是当时不懂，对生死还没有概念，往往搭上安全感去冒险，做一些看起来很酷的事情。

2011年3月，在雨崩徒步。梅里雪山下了大雪，在村民家总能听到远处“轰隆隆”的声音，当地人说那是雪崩。村子里没电，手机也没有信号，我们走了一整天才到雨崩村，准备第二天徒步去神瀑和冰川。雪下了一晚上，积雪漫过脚踝，深的地方没过膝盖。早上起来，另外四个徒步过来的朋友吃完早餐就出发了。我起得有些晚，加之还在下雪，就决定等雪停了再走，于是和他们告别，约在冰川下汇合。在海拔3200米的地方徒步是很辛苦的，每走一步都要喘好几下，真不知道当时哪里来的用不完的力气和精力，20多公里的山路，眼睛都没眨一下。走到半路，听到前面“轰隆隆”的声音，村民说雪崩来了，要赶紧离开。可眼睛没看到，总还想着继续往前面走，直到行至雪崩跟前，惊呆了，河道和树木全部被雪覆盖，好几十米高，补给站的小木屋完全被埋，看都看不见了。于是赶紧往回撤，这种“轰隆隆”的声音一直在忽远忽近的地方回荡，后来还听见了四五次。村民带着我绕着山走，夜晚之前才抵达客栈。

雪下了整整三天。那天早上出发的四个队友一直没有回来，村子里唯一有信号的小卖部三天后接到冰川补给站打来的电话，那四个人在雪崩中全部遇难了。夜晚黑极了，雪还在下，我躺在村子里，辗转反侧，始终难以入眠：那天同住一个客栈的队友，我们一前一后踏上那条通往雪山深处的路，我半途折回，他们继续前进。早上轻松说了声“再见”，以为真的还会再见的。

那时还不太理解“失去”的意义，只是心里像丢了什么似的。后来才明白，那些你以为日常中的“拥有”，总有一天会以不同的方式离开，荡然无存。我们对“拥有”表现得是那么不重视，甚至理所当然。有一天，那个说过“早安”的朋友不再回来，那个陪伴你的爱人失去联络，找也找不到。那些意犹未尽的失落岁月，你只能捍着鼻子往肚子里灌。

衣衫单薄的少年时代，单凭内心的热和爱去做事，以为只要大步向前就能一马平川、无所畏惧。长大后，畏惧的东西多了，小心翼翼地过活，生活如履薄冰，但步履不停。

其实我不怕死，也不怕“失去”，只怕还没来得及好好道一声“早安”和“晚安”，“你好”和“再见”。

老爸的旅行

我坐在房间敲打着键盘，房门微掩。老妈在厨房准备晚餐，开着水龙头，盘子在水池里碰撞出清脆的声响。她用刀在砧板上均匀地切着土豆丝儿，筷子在碗里打着鸡蛋，偶尔有揉搓塑料袋的声音、开冰箱门的声音，还有拖鞋摩擦地面的声音。那个脚步声一听就是我妈的，听了二十多年了。我虽在房里读书，老妈在厨房里的动静却听得一清二楚。

我爸还在沙发上睡觉，从鼾声判断，应该是侧着身子，嘴巴微张，双手搭在肚子上，眼镜可能还挂在鼻梁上。一定是电视剧看到一半就睡着了，不消说，这鼾声也听了二十多年。

他俩是三天前从老家来北京看我的，来的时候提了一碗豆瓣酱、一条在老家腌过的鱼、一袋大米，来给我做饭。逛超市时，我妈想买一只土鸡给我煲汤，结果买了一堆香菇却没买到土鸡。我妈说“你们大城市有什么好的，连只土鸡都买不到！”说完就“咯咯咯”笑起来。

那天，土鸡汤没喝到，我爸做了红烧排骨：湖北口味儿，红红的油汤，小排入味，土豆也软糯，我就着米饭吃了几大碗。吃饭的时候，我妈说，你爸一直想去天安门看升旗，在家老早就计划好了。刚巧电视里的新闻正播放着天安门广场的画面，花团锦簇，一群少先队员撑着苹果肌，咧着同样的嘴角注视着天安门城楼。播音员用字正腔圆的声音庄严地念着稿子——这是十一国庆长假的前一天。

第二天凌晨 4 点，我听到外面叮叮当当的声响，眯缝着眼睛推开门——爸妈已经穿戴整齐，准备出发了。外面夜色漆黑，伸出的手臂如果离肩膀远些，几乎就看不见了。我妈小声问我去不去，好像害怕声音一大就会把太阳叫出来似的，但那刻意压抑的兴奋反而让嗓音显得非常洪亮。我也清了清嗓子，但实在是困意上头，帮他俩叫了车就又紧紧黏在床上，却怎么也睡不着了。

我开始懊恼自己为什么没有满足我爸那个简单的愿望，这个对我来说再熟悉不过的城市对于他们来说却是一次准备已久的旅行，这个城市我一切习以为常的对于他们来说都是新鲜有趣的。他们提前一个月买好火车票，在纸条上写好家里要买的东西，计划好每天要做什么菜，把生活安排得井井有条。可他们依然想看看这个城市，这里的街道、地铁、广场和人群。

43
TSL 謝瑞麟

老爸的旅行目的地总是和我有关，我在哪里工作、在哪里读书、在哪里租房，以后在哪里结婚、在哪里生小孩、在哪里定居，他的旅行目的地就在哪里，除此之外，几乎没有去过别的地方。

上一次出门还是我在香港读书的时候。我爸妈从老家抱着棉絮和被子，拎着大包小包的编织袋就去了香港，怕香港没有牛奶，在家里买了一箱蒙牛……我想他们如果还有体力，一定会把床和衣柜都给我搬来。

当时，我们仨租住在佐敦的一家旅馆，400 港币一天，一张床挤了三个人，房间里没有窗户，发霉的气味让人眩晕。墙角有黑色的污渍，墙纸稀稀拉拉浮在墙面，边角都卷起来，露出黄色的内壁。出门的时候，一个怀孕的女人在前台看着电视机，手里的零食就没停过，圆滚滚的肚子大概过几天就要生了。

那是我爸第一次去香港，看什么都新鲜，一双眼睛藏在镜片背后发着光，看到没见过的东西就推一推眼镜，把身子凑到跟前。我爸喜欢吃，连做梦都在吃。这是我妈的原话，梦里不停地吧唧嘴，还说梦话，好像一辈子都没吃饱饭似的。于是，我带我爸吃了很多香港美食。我爸爱烧味，一边吃一边吧唧嘴，不住念叨着好吃。他吃得特别香，那种“香”不是来自食物本身，而是来自他对食物的态度。这一点，他继承了我奶奶，我继承了他。

我妈又在厨房里忙活起来，今天要把从老家带来的鱼给煎了。我爸在客厅看着电视剧，声音放到极小，拿起刚刚泡好的茶，均匀地吹出一口气，然后“咕噜咕噜”喝下去，随后舒服地叹了一口气。我妈在厨房洗菜切菜,“唰唰”的流水声就在回荡在耳边。不知不觉中，我睡着了,再醒来时,整个人已被浓浓的饭菜香裹挟。外面烈日当头，我妈叫我吃饭。那种感觉像是 15 年前的暑热里，我回到家累得在沙发上沉沉睡去，醒来后饭菜已经上桌。我妈围着围裙，拔高调子喊了一声：“吃饭啦！”那时候，饭很香，日子特别长，仿佛永远不会有尽头。

离岛的纯良和人情

在远离香港主岛的海域上，总共漂浮着 262 座离岛，分布在主岛的南部和西部，像布满天空的星辰，在每个不知名的角落里闪耀，等待人们将它命名。

从中环五号码头出发，两个小时的船程就到达长洲岛了。那天烟雨迷蒙，天空中盘踞着大片的黑云，压得很低，正在积蓄一场暴雨。我在远离闹市的海边租了一个小屋，名叫“悠庭小筑”。下了码头，踩着地上的雨气，匆匆穿过热闹的人群和小吃摊位。在长洲岛，所有小吃和游客都集中在码头的位置，可我偏不喜欢热闹，总喜欢发现当地的处女地，越偏僻越好。“悠庭小筑”是海岛另一侧的一排小屋，住的都是岛上的常住居民，黄黄绿绿的房子，最高不过六七层。一楼的阿伯在摆弄着花草，院子里有一株玉兰花，香气扑鼻，几只蝴蝶萦绕周围；一只猫咪趴在门口，从楼房间的缝隙里望着海，头顶的电线杆会偶尔落下几滴雨水打在它的头上，每落一滴它就眨一下眼睛；旁边是一家录影带出租店，里面又窄又暗，曲径通幽，电视挂在天花板的一角，上世纪 80 年代的港片录像带布满了整面墙壁。

我租的房子在三楼，主人把钥匙挂在门口。这大概是一个热爱音乐的年轻人的房间，面积虽小，但是布置得很有个性。沙发上有吉他，书柜上摆满了小玩偶，柜子上陈列着老式胶片相机，废旧的绿色拖鞋、绿色牙刷、绿色打火机、绿色瓶盖子，一切绿色的小物件摆成一排，向租客展示着生活的小心思。这是一个很普通、很破旧的房子，主人按照自己的想法和喜好布置它，爱护它，看得出来，他一直这样精心地过着生活，而房子也提供着最朴素的舒适和安稳，无须过多的装修。拉开窗帘，是一个小巧的阳台，举目可见海浪迎着风拍打着礁石。于是，就把自己当成了这里的主人。

来离岛的人，多数有着不同寻常的生活，除了一部分是好奇的游客，通常白天来晚上就走。还有另外一种人，会住在岛上。他们有可能厌倦了闹市的纷繁和复杂，想逃离中环的高楼大厦，想体会一下小岛的纯良和简朴；他们有可能是手头拮据的学生恋人，暂时还付不起高额的旅费，把离岛当作浪漫约会的第一站；还有可能，他们的内心有着说不清道不明的伤痛，来这个地方散散心，等乌云散了就回家。反正在这个细雨朦胧的傍晚，走在街上，所见一切都是治愈系的，像日本的纯爱电影，走的是疗伤路线。

岛上有很多美食小吃。鱼丸个大又多汁，糯米糍里的芒果和榴莲把糯米皮撑得鼓鼓的，海鲜大排档更是一家挨着一家，毫不示弱。找一家坐定，点一套海鲜餐，不消说，你会一边吃一边惊喜连连，椒盐皮皮虾香脆弹牙，清蒸的海鱼从来都是香港人的拿手招牌，只要鱼新鲜，随意下锅一蒸，加点姜丝儿葱末，淋点酱油，就能下饭。值得一提的是老火靓汤，木瓜银耳和猪骨一起炖上三个小时，火候不到不许上桌。吃完这一大桌子菜，满意地打个饱嗝儿，伤感情绪立马烟消云散。人间烟火才是永远的温存。

每天 10 点钟，我会准时坐在楼下的早茶铺，在嘈杂的聊天声中开始一天的生活。离岛会把生活藏在每一个店铺的点心里，藏在楼下阿公阿婆的眼神中，他们就像你我邻家的爷爷奶奶，真实自然，让你忍不住想给家人打个电话。

穿过一条条老旧狭窄的街道，推门走进一家家小吃店铺，隔海相望的香港岛上的喧嚣统统被关在门外。这里找不到一丝法国或意大利名牌皮革的味道,有的是街道湿漉漉的空气,滚着牛杂的香味。在亚洲最繁华的金融中心,居然有这样一个离岛，守住了生活中的日常。

夜里，一条细细的白线从远方滚来，那是即将到来的潮水。我睡在床上,扭头就能看到大海。我看到月光下有一对情侣，他们手牵手，保持着一种相对克制的距离，彼此说着情话。当月光漫过女孩的发梢时，两张银色的脸颊显得无比清晰和浪漫。他们并没有相互拥抱，他们的距离刚刚好。

潮水的声音慢慢向我扑来，距离也刚刚好，能让我沉沉地入睡。

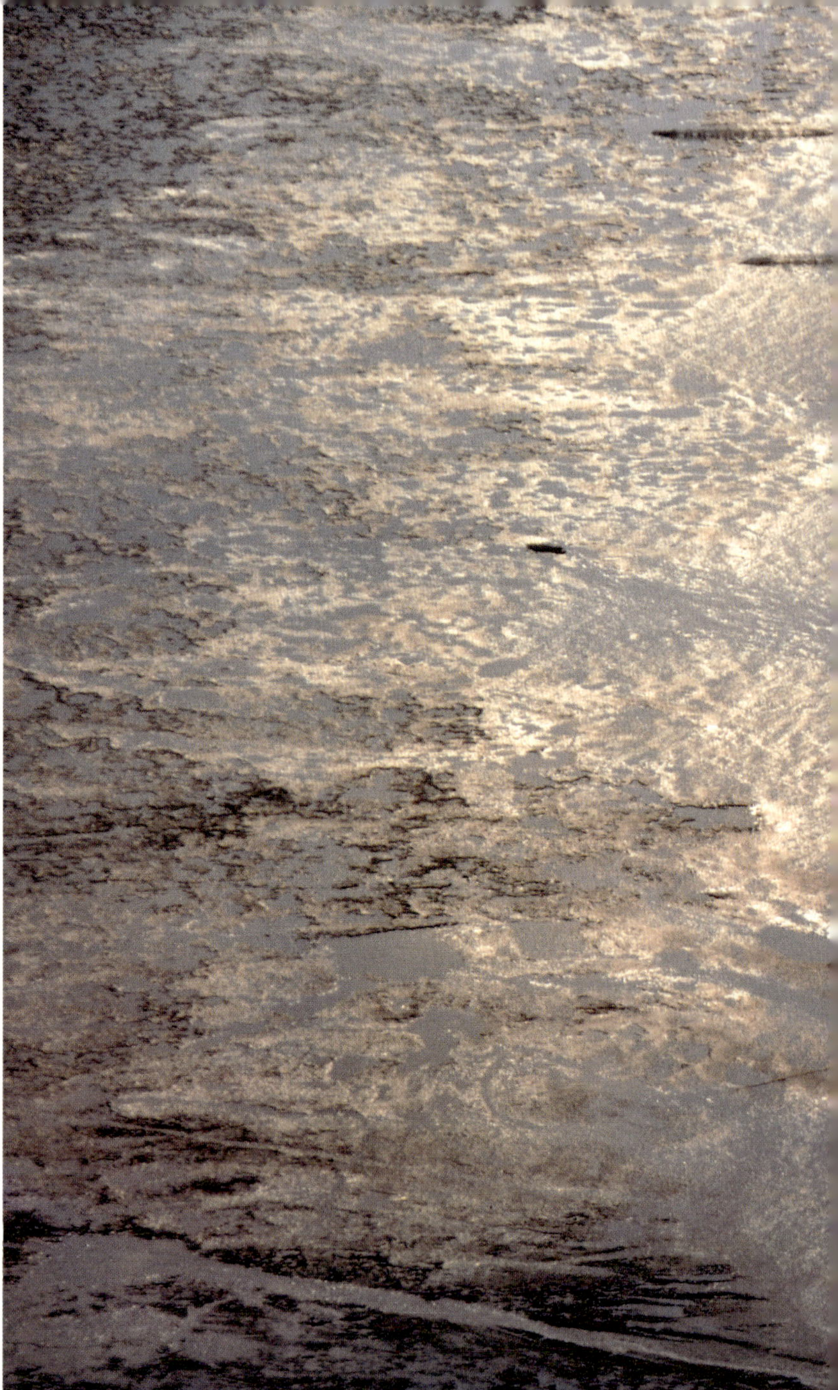

.196.

你曾经做过什么梦，然后发现有一天梦里的地方真的就在现实中吗？我曾经梦到过一条海边铁轨，海水轻柔地拍打礁石，小火车摇摇晃晃，喷着热气，一条细长的轨道通向大海尽头。站台、海、铁轨、五颜六色的房子、小鸟、电线杆，都在那个刚好的位置上。别以为自己总是做一些无关紧要的梦，那些梦有一天会带给你惊喜。

收拾屋子，发现以前喜欢的东西很多都旧了。收集的二手物件蒙上了灰尘，以为会永远循环的磁带早已懒得播放，当时爱不释手的书已经在角落里发黄，抽屉里还没来得及送出去的小礼物也烙上了上个时代的印记，连曾经喜欢的人都陌生了，甚至低着头，不好意思承认自己当初喜欢过。

.199.

·200·

真希望以后漫长的人生中，让我开心或难过的都只是下雨或天晴，身体又胖了或又瘦了，生活里再也没有其他什么大事儿了。

一直相信简单的力量。拿简单的胶片相机拍照，说简单的话介绍风景，用简单的方式在一段关系里相处。在成为旅游卫视主持人的日子里，满世界溜达，行李也很简单，衬衫、白T恤。我想自己简单了，世界也不会太为难你！

看过世界各地不同的佛，虽然他们长得都不一样，叫着不同的名字。但总觉得，有佛的国度，就有安静和满足。

每一座孤岛，都被深海拥抱。

给自己穿上盔甲，做自己心中的英雄。

我们之所以喜欢艺术，喜欢写字，是因为它会刺破身体里的一条通道，让全副武装时进不去的爱进去，让流不出的情感流出来。

·209·

当我还是一个小孩的时候，一直梦想成为可以走遍世界的超人。但如今站在世界尽头的这座灯塔下才发现，我不是超人，我还是那个小孩。

每一个漫长黑夜都如一个孤独的战士。

旅行是不断地和他人交错，
而你又总是孤身一人。

.215.

我想，旅行能让我们意识到自己的狭隘和匮乏，还有那些生活中正在消磨和侵蚀我们的并且让我们喘不过气来的东西。在路上的时候，我才明白，人活着是很不容易的。

一切都结束了，而生活才刚刚开始。